盲目の公爵令嬢に転生しました2

プロローグ

「アリシアお嬢様、お時間です」

私は、幼い頃から世話をしてくれている侍女のケイトの声で目を覚ました。

目覚めるといっても私は生まれつき盲目で、目は全く見えない。だから今が朝かどうかもケイトに言われなければわからない。

「ありがとう、ケイト」

私はケイトに声をかけると、勢いよく上半身を起こす。

私の名前はアリシア・ホースタイン。この世界では公爵令嬢だ。

不思議ではあるが、生まれた時から前世の記憶が備《そな》わっている。

前世では、日本に住む十八歳の女の子だった。残念なことに、酷い喘息《ぜんそく》で人生の大部分をベッドの上で過ごし、若くして死んでしまった。

でも、今際《いまわ》の際《きわ》で私は願った！　絶対に生まれ変わってやると！

そして、見事に転生を果たして今がある。

但《ただ》し、転生先のアリシアは生まれながらに目が見えず、あたふたしたのは言うまでもない。

そんな想定外なことから始まった第二の人生だったが、生まれ落ちたこの世界は、私にとって素晴らしいものだった。

私を溺愛《できあい》する優しい両親に恵まれ、仲の良い幼馴染《おさななじみ》かつ、この国の第五王子カイルとは十歳の時に婚約した。

私はカイルのことが大好きだし、カイルも同じように思ってくれている。

更にこの世界には魔法があった。残念ながら目が見えない私は上手く使えないが、確かに魔法は存在する。

それだけでも私はワクワクが止まらなかった。

そんな幸せな人生に不穏な出来事が起こり始めたのは、十六歳の時だった。

カイルが通っていた学校を訪れた際、何者かに襲われたのだ。幸い怪我《けが》はなかったが、目の見えない私には犯人がわからなかった。

そんな中、カイルの側近候補だったエミリア・フレトケヒト男爵令嬢と出会った。

初めは仲良くしてくれたが、次第に私への嫌がらせが始まり、変な噂を流すようになった。

信じられなかったし、信じたくなかったのだが、日に日にエスカレートしていくエミリアさんの行動に疑問を感じた私は、カイルと協力して彼女を調査した。

その結果、エミリアさんは私をターゲットに、なにかを企《たくら》んでいるらしい。

更に私は、エミリアさんが私と同じ転生者ではないか？　ということにも気が付いてしまったのだ。

私はカイルに、自分が前世の記憶がある転生者で、エミリアさんも同じではないかと打ち明けることにした。

カイルが信じてくれるのか不安だったが、彼は私を信じてくれて、共にエミリアさんの企《たくら》みを暴《あば》いていくことを約束してくれた。

それだけで、私の心は軽くなった。

その後のカイルとの……キスを思い出して、私は思わず頬に手を当てた。

「アリシアお嬢様、お支度の準備が整いました」

「あっ、え、ええ、わかったわ」

ケイトの声で現実に戻った私は、慌《あわ》ててベッドから起き上がったのだった。

第一章　アリシアと魔法

～・～◆公爵とアリシア◆～・～

ある日の昼下がり、私とカイルはガゼボで通信機という、前世でいうところの携帯電話のような魔道具を使って、パパさんことホースタイン公爵と連絡を取っていた。

数秒呼び出すと、すぐに聞き慣れた声が響く。

「アリシアかい⁉」

パパさんは今、王宮の執務室にいるはずだ。

相変わらず慌《あわ》てたように話すパパさんの声を聞いて、私は頬を緩《ゆる》める。

パパさんは私を溺愛《できあい》するあまり、いつも過剰に心配ばかりしているのだ。

「はい、お父様。アリシアです」

しばらく沈黙が続いた。

「お父様？　聞こえています？　お父様？」

「ああ、ごめんよ。アリシア。お父様はここにいるよ。相変わらず可愛い声で、お父様は感動してしまったよ」

「お父様ったら！　お元気でしたか？」

「もちろん元気だよ！　元気がなくても、アリシアの声を聞けば元気になる」

「まぁ、ふふふ」

私とパパさんのやり取りに痺《しび》れを切らしたのか、隣に座っていたカイルが私の肩を少し引いて話し出した。

「公爵、お久しぶりです。カイルです」

カイルの声を聞いて、パパさんの声が少し低くなる。

「これはこれはカイル殿下、ご無沙汰《ぶさた》しております。今日は一体何事ですか？　ハッ！　もしや、またアリシアの身になにかあったんじゃ！」

「お父様！　違いますわ。安心なさって？　今日は、あの件のご報告とご相談がありますの。お時間を頂いてよろしいですか？」

「ああ、わかったよ。三十分くらいなら大丈夫だよ」

私はパパさんに、マチルダさんとエリックさんが報告してきたことについて話した。

エリックさんはカイルの側近候補で、学校ではカイルと同じ執行部のメンバーに選ばれている。エリックさんは騎士団長の息子で、伯爵家の三男でもあり、私の友達のマチルダさんとは婚約者同士だ。マチルダさんは騎士団の副団長の娘で、男爵令嬢だ。

　この二人にはエミリアさんの調査で色々助けてもらっていた。

「なるほど、それじゃあエミリア嬢自身が、王都でカイル殿下と自分が仲良くしているという噂と、学校におけるアリシアの悪評の両方を流したということかい？」

「はい。ただ、状況証拠ばかりで物証はございませんの。それに、私はエミリアさんに嫌われてしまったようです。折角《せっかく》仲良くしてくれたのに……とても残念ですわ」

　エミリアさんとのやり取りを思い出すと心が重くなる。

「アリシア……可哀想に。大丈夫かい？」

「はい、ただ、なぜそんなに私を嫌うのかわかりません。なにかをしようとしているようなんですが……」

　実を言うと、エミリアさんが同じ転生者だから、私を敵視しているのではと考えている。

　しかし、カイルと相談した結果、私の前世や転生については、まだ両親に話さないことにしたのだ。なんと言っても信じられない話なので、余計な心配をかけたくはなかった。

　私の話を聞き終わると、パパさんは納得したように答える。

「なるほどね。でも、お父様は安心したよ。この前カイル殿下にあの男爵令嬢について相談したとは聞いていたけれど、アリシアが未だに一人でどうにかしようと思っているんじゃないかって心配でね。やはり限界はある。それはそうと、危ないことはしていないだろうね？」

「……はい。もちろんですわ」

パパさんの心配そうな声に、私は少し考えてから答えた。

怪我《けが》もしていないし、襲われてもいないもの。危ないことはしていないわよね。

すると、パパさんは「しょうがないね」と苦笑して、パンッと手を鳴らした。

「よし！　では、これからお父様の報告を始めようかな？」

「「え？」」

「え？　じゃないだろう？　アリシアが襲われたのに、お父様がなにもせずにいるとどうして思ったんだい？　この前の話から、フレトケヒト男爵家について調べてみたんだ」

まだ完璧ではないがと断ってから、パパさんは今現在わかっている男爵家の動きや思惑について話してくれた。

フレトケヒト男爵家の成り立ちから最近の成功までをまとめ、その中でも『発明』が世に出てからの動きについて詳しく調査していた。

「というわけで、今や知らない者はないと言っても過言ではないという発明が、フレトケヒト男爵家から生まれ続けているんだ。トランプくらいなら可愛いものだったんだが、やはり通信機を発明したことで貴族内での立場が変わったな。野心のある上級貴族がこぞってフレトケヒト男爵を厚遇《こうぐう》し始めたんだ」

「お父様、それはなぜですの？」

「もちろん、資金が大きいよ。身分は高くとも資金繰りが苦しい貴族は沢山いるからね。今やフレトケヒト男爵はこの国でもかなり上位の資産家だよ」

「……そうなんですね」

「でも、それだけじゃない。今アリシアから聞いた話で、疑念が確信に変わったよ」

パパさんは硬い声で言った。不思議に思った私は、小首を傾げて尋ねる。

「なにがですか？」

「情報だよ。フレトケヒト男爵家には情報が集まる。そう言われているから更に人が集まり、そしてまた情報が集まる。まるで学校でのエミリア嬢のようだよ。もしかすると、彼女は発明だけではなく、男爵家の運営にも深く関わっているのかもしれないな。だって商人達があがめるほどなんだろう？　それは即《すなわ》ちエミリア嬢の側にいれば儲《もう》かるということさ。確かになにかを企《たくら》んでいても不思議じゃないいな」

パパさんの話を聞きながら、話がドンドン大きくなっていくことに焦りを感じる。

そうなのだ。それ程この世界における『発明』は人々に影響を与えてしまう。

確かにエミリアさんは、この世界でなにかをしようとしているけど、それはこの国を変えるような大きなことなのかしら？

「お父様、ちょっとお待ちになって！」

私は、話を続けようとするパパさんを思わず止めた。

「どうしたんだい？　アリシア」

もし私が、エミリアさんの立場だったら、前世の便利なものをこの世界に広めたいとは思うだろう。

でも、今までのエミリアさんの言動を考えると、彼女の行動理念はもっと単純な気がする。

興味本位であったり、自分の好き嫌いであったり、ただただ自慢したくて知識を披露《ひろう》しているように思える。

前世ではもっと、もっと、危険で物騒《ぶっそう》なものが沢山あるのだ。それこそ、銃《じゅう》なんて可愛いと思えるようなものがいくつも思い浮かぶ。

「お父様、フレトケヒト男爵はわかりませんが、エミリアさんに関してはもっと単純な目的があるんじゃないかと思いますの」

「それはどうしてだい？」

　私はパパさんに、エミリア・フレトケヒトという人の印象を説明する。

「例えば、お父様が仰《おっしゃ》る通り、エミリアさんが洗脳やお金で人々を取り込んでいると考えると、今この学校にいる必要はありませんわ。こんな小さな世界どころか、この国の根幹に影響を与えられるんですもの。それなのにエミリアさんはまだ学校にいます。それはこの学校の中でしか成しえないなにかがあるからだと思いますの。それは恋愛であったり、嫉妬《しっと》であったり、もっと自分本位なもの……」

　その時、ずっと黙っていたカイルがおもむろに口を開いた。

「公爵、今の話を聞いて、そして、実際にエミリアと友人として接していて感じたことを言わせていただきます。まず、第一にエミリアは実家を快く思っていませんでした。なので、エミリアが男爵家を利用するというより、男爵が彼女に固執しているという方がしっくりきます。実家からしつこく連絡が来ると嫌そうにあしらっていましたし。第二にアリシアも言っていましたが、彼女は国を変えるとか、家がどうとか、志《こころざし》を持って行動するというより、もっと目先の欲求に忠実なタイプです」

　カイルが話し終わると、暫《しば》し沈黙が訪れる。

「なるほど。君達はエミリア嬢の目的は未だ学校の範囲内にあると考えているということかな？」

「「はい」」

パパさんがゆっくりと確認する。その言葉に私とカイルは手をキュッと握《にぎ》り合って頷いた。

「わかったよ。では、エミリア嬢については二人に任せる。ただ、今のところ彼女と男爵家は目的を共にしていないかもしれないが、今後はわからない。早めの対処が必要だよ？」

パパさんは冷静に状況を分析して助言してくれる。すると、今度はカイルが少し考えながら話し出す。

「公爵……。僕に策があるのですが、聞いてもらえますか？」

「なんですか。カイル殿下」

「僕が考えている策は、一度エミリアの思惑に乗ってみるというものです。王都の噂やアリシアへの襲撃、その後の嫌がらせの数々……そこから得られる結果は、僕とアリシアの不仲、もしくはアリシアの失脚にあると思います。それならば、僕達が不仲だと思わせることで、エミリアが次の一手を打つ可能性が高まる。今のままでは、残念ながらエミリアがいつ動くかわかりません。もしこの策が上手くいけば、こちらの罠《わな》に嵌《は》めることも、先手を打つことも可能です」

　私はカイルの言葉に驚き、息を呑んだ。

「なるほど、後手後手になっている現状を変えるということですね」

「はい。そのためには僕からアリシアに婚約破棄、もしくはそれを匂わすようなことをする必要があります。本当に不本意ですが、それが確実だと思います。それをエミリアが信じてくれれば、なんらかの行動を起こすでしょう」

　カイルはそこで一旦言葉を区切り、私の肩をしっかりと抱きしめる。

「アリシア、これは嘘だからね！　僕がアリシアとの婚約を破棄するなんてあり得ないことだからね？　絶対に信じないでおくれよ？」

「わかったわ。でも、あの、カイル、それでエミリアさんが動かなかったらどうなるの？」

　カイルの話を聞いて、そう確認せずにはいられなかった。不安な思いが伝わったのか、彼はヒシッと私を抱きしめた。

「これが失敗したら、次は王都の噂通りに、僕がエミリアに近づいて色々聞き出すのが一番いいと思う。でも、僕はそれだけはしたくない。嘘の婚約破棄や不仲ならなんとか！　なんとか！　我慢するけど、僕がアリシア以外に好意を持つ振りだけは絶対にしたくない!!」

「カイル？」

語気を荒らげ、私をギューギュー抱きしめるカイルに困惑していると、パパさんのため息が聞こえた。

「まぁ、いいでしょう。アリシアが辛い目に遭うのだと思うと、お父様の胸は張り裂《さ》けそうだけれど……アリシアはどうかな？　耐えられそうかい？」

「確かにカイルから婚約破棄されるのは嫌ですわ。でも、今は頑張ります！　なんならエミリアさんが仰《おっしゃ》っていたように、高飛車な令嬢の振りだってできますわ」

「頼もしいね。しかし、突然婚約破棄だと騒いだら不自然かもしれない。カイル殿下、不仲になるきっかけは必要ですよ」

「そうですね。少し考えてみます」

そうして、私達はパパさんとの通信を終わらせた。

数日後、未だに私達は不仲になるきっかけを掴《つか》めずにいる。

それに最近、なぜだかエミリアさんが私に近寄ってくれなくなってしまった。

話しかけようと近づくと、彼女の取り巻きの方々がささっと庇《かば》ってどこかに移動してしまうのだ。

彼女が本当に転生者なのか確認しようにも、こんな調子で上手くいかず、膠着《こうちゃく》状態が続いていた。

そんなことを繰り返し、私はどうしたらエミリアさんと話せるかを考えながら、マクスター先生の補習を受けるためにケイトに手を引かれて教室に向かっていた。

マクスター先生は魔法学の先生で、パパさんの後輩でもある。パパさんからのお願いで、魔法が使えない私に補習してくれるのだ。

「アリシア嬢」

突然話しかけられて、私は振り向く。

「えっと、その声はアラミック様ですか？」

「はい、その通りです。アラミックです。しかし、凄いですね。少し声をかけただけで私だとわかったんですね」

アラミックさんの感心したような声が聞こえて、頬が少し熱くなる。

彼は隣国からの留学生だ。カイルのお友達でもあり、一緒に執行部を運営している。

少し軽薄な感じはするが、私がチャリティーイベントをした時に的確なアドバイスをくれたり、サポートしてくれたりした。とても優秀で優しい人なのだ。

「そ、それが目の見えない私には必要な力ですの。当たり前のことですわ」

「いや、それにしても素晴らしいですよ。ところでアリシア嬢は、どちらに行かれるんですか？」

「えっと魔法学のマクスター先生の補習を受けに行くところですの。アラミック様は？」

「私ですか……。まあ、散歩……です」

歯切れ悪く答えるアラミックさん。少し元気がないみたいだ。

「そうですの？　でしたら、教室までエスコートしていただけますか？　まだ、教室までの道に慣れていなくて」

にっこり笑ってそう言うと、アラミックさんは「喜んで」と私の手をスッと引いてくれた。一連の動作はとてもスマートで、手慣れているとすら感じる。

確かに初めて会った時も、女性の扱いに慣れている感じがしたわね。

それでも、いつもの少し軽い感じがなく、声も沈んで聞こえたのが気がかりだった。

「アラミック様、お節介《せっかい》かもしれませんが、なにかありましたの？」

「え？」

「すみません、アラミック様の声に元気がないように聞こえてしまって……。もしなにかお困りでしたら、力になりますわ」

「……では、歩きながら少し話しても構いませんか？」

「はい」

そうして、アラミックさんは母国であるラングランド王国の話を、ぽつぽつと語り始めた。

アラミックさんの国はこの国の北に位置している。

現在、ラングランド王国が、その更に北にあるウオレイク王国から何度も侵攻を受けているらしい。そのため常に戦時体制を取っていて、治安が悪く、教育も遅れている。

現に、つい最近もウオレイク王国との戦いで友人が怪我《けが》をしたという連絡があったということで、アラミックさんは心配だと肩を落としていた。

「そうなんですか……。それは心配ですね。隣国はそんなに政情が不安定なのですか？」

「ええ、残念ながらこの国のような学生生活は夢のまた夢です。そのことも、私が祖国の友人達に申し訳ないと感じるところでもあります。王と王太子が宥和《ゆうわ》政策などと言わずにもっとしっかりしていれば……」

アラミックさんが呟いた低い声に違和感を覚えるが、なにが引っ掛かったのかわからず首を傾げる。しかし、その違和感を振り払って、隣国に思いを馳《は》せた。

すぐ隣の国がそのような状態だなんて……

ラングランド王国に暮らす人々を思うと、胸が締めつけられる。

「お気の毒に……。あの……一日も早くお友達が回復されることを祈っております」

「ありがとうございます。一つだけ不躾《ぶしつけ》な質問なんですが、アリシア嬢はカイルに上を目指してほしくはないのですか？」

「上、ですか？」

「はい。私自身、カイルの優秀さに日々驚いています。それこそ王位を目指してもいいのではないかと思うくらい有能です」

「そうなんですね。ありがとうございます」

婚約者を褒《ほ》められて嬉しくないわけがない。面映ゆさを覚えつつ、私は素直にお礼を言った。

「……しかし、カイルには野心がない。能力も環境も整っているのに、現状に甘んじているように見えてしまうんです。もちろん公爵位が悪いと言うわけではなく……カイルは王子です。王位を目指さなくていいのでしょうか？」

私は彼のあまりに真剣な口調に、思わず立ち止まる。

「アラミック様は、カイルが王位を目指すべきだとお考えですか？」

「そういう道もあると考えます」

「でも、カイルは第五王子ですし、臣下として王太子様をお支えすることを楽しみにしていますわ」

「それは、貴女が……。いえ、すみません。今の話は忘れてください。どうも友人からの知らせで混乱しているようです」

そう言って、アラミックさんは私の手を引いてエスコートを再開した。

私も困惑してしまい、しばらくお互いの間に沈黙が落ちた。

「アリシア嬢、マクスター先生の教室に着きました。余計なことを話してしまい申し訳ありません。カイルはアリシア嬢のような優しい心を持つ婚約者がいて、本当に羨《うらや》ましい限りですよ。話を聞いてくれてありがとうございました」

アラミックさんは、私の手の甲にキスを落とすと、そのまま行ってしまった。

手の甲に触れた彼の唇の冷たさが、なぜだか心をざわつかせた。


「おはようございます」

私は気を取り直して教室のドアを開けた。

「アリシア！　遅かったじゃないか。今、迎えに行こうかと思っていたところなんだよ」

「おはようございます。アリシア嬢」

教室には既にカイルとマクスター先生が待っていた。カイルは私に近寄り、両手を柔らかく包み込む。

「カイル、ごめんなさい。少し遅れてしまったのね」

なんとなくアラミックさんについては言わない方がいい気がして、遅れたことだけを謝った。きっとアラミックさんも、あんなに気落ちした様子をカイルには知られたくないだろう。

「いや、アリシアが無事なら構わないよ」

「アリシア嬢も来たことですし、早速補習を始めましょう。今日も前回の続きで魔力を外に出して、魔法を発現させる練習をしましょう」

「はい。わかりました」

本当は私一人で補習を受けるはずだったのだけど、カイルにこの件を話したら、一緒に行くと言って聞かなかったのだ。マクスター先生に相談すると、「女性の理想は父親だと言いますしね」と笑って認めてくれた。台詞《せりふ》の意味については、深く聞かないことにした。

「うー、えい！」

「アリシア。そんなに力まないで」

「アリシア嬢！　何度言ったらわかるんですか‼　魔法は内なる力を使うのです！　声

の大きさは関係ありません！」

カイルの優しい声と、意外と厳しいマクスター先生の声が教室に響く。

マクスター先生は魔法が絡むと人が変わる。

私のように生活魔法さえ使えない生徒は初めてらしく、どうにかして魔法を発現させようと躍起《やっき》になっているみたい。

先生が言うには、私の中に魔力は有り余るほどあるらしい。だが、その魔力は体の中を駆け巡るのみで、ちっとも発現しなかった。

私は、今度は声は出さずに、えいっと気合を入れる。うんともすんとも変化のない状況に、先生もカイルも困っているようだ。

「先生。本当にアリシアは魔法が使えるようになりますか？　全然使えそうには見えないのですが……」

「おかしいですね。文献によれば、病気や怪我《けが》で盲目となった場合は、その後もそのまま魔法を使えるそうですよ。もちろん、生まれつき目が見えないアリシア嬢には、当てはまらないですが……私は成功させたいです」

先生は、絶対私を実験の被験者と見ていると思ったが、声には出さずにため息を吐く。

「アリシアお嬢様。大丈夫でございますか？　少しお休みさせていただきましょう」

ずっと側で控えていたケイトが、すかさず私の頬に冷たいタオルを当てて、椅子のある方に誘導してくれる。困り果てた私は、ケイトにも魔法について聞いてみた。

いつも息をするように魔法を使っているケイトなら、なにか気付いているかもしれない。

「ねぇ、ケイト。貴女はなんでだと思う?」

「アリシアお嬢様の魔法が、発現しない理由でございますか?」

「ええ、魔法の概念は理解したし、先生が仰《おっしゃ》るには魔力もあるようだし、すぐに使えそうなのに。やっぱり目が見えないとダメなのかしら?」

「お嬢様……。私見でよろしいでしょうか?」

落ち込む私を見かねたように、ケイトが話し始める。

「もちろんよ!」

「お嬢様の魔法には、魔法を使いたいという意思しか感じられないのでございます。生活魔法も防御魔法もやりたいことや願いが重要です。例えば防御魔法では自分の身を守るという気持ちが大切なのです」

「気持ち?」

「はい。私は自分に防御魔法をかける時よりも、お嬢様に防御魔法をかける時の方が、遥《はる》かに気合が入り願いも強くなります。ですので、私自身の防御魔法よりも、お嬢様にかけている防御魔法の方が効力が強いはずです」

「そんな！　ケイトも自分自身にきちんと防御魔法をかけてほしいわ」

「わかっておりますが、防御魔法の基本は、守りたいという願いでございます。私は、どうしてもお嬢様をお守りしたい気持ちの方が強くなってしまいます」

ケイトの気持ちが嬉しくて、私は彼女の方に手を伸ばした。

「お嬢様が安全に過ごせますように」

ケイトが私の手を取って、祈るように願いを口にした。

その途端、私の体に温かいものが流れてきて、ケイトの願いが、防御魔法を発現させたのだと理解する。

私も心の底から、幼い時からずっと一緒にいて、サポートしてくれている彼女の安全を祈った。

「ケイトが危ない目に遭いませんように！」

すると、今までうんともすんとも言わなかった私の魔力が、ケイトを包むようにふわりと発現した。

「「アリシア（嬢）!!」」

「お嬢様！」

カイル、マクスター先生、ケイトがほぼ同時に驚きの声をあげる。

「どうしたんだい？　今のはアリシアの魔法？　一体なぜ？」

「なにをしたんですか、アリシア嬢⁉　これは大変な発見なんです！　詳しく状況を教えてください！」

バタバタと近くに来て、ワーワーと言ってくるカイルと先生をスルーして、私はもう一度ケイトの手を握《にぎ》った。

「わかったわ、ケイト。魔法を使いたいとばかり考えていたから、駄目だったのね。誰かを守りたいという気持ちが大切なのね。私に足りなかったのは、魔法の先にある願いだったんだわ」

そう言って、私はケイトに向かって満面の笑みを浮かべる。

「お嬢様……」

ケイトが感極まったというふうに声を震わせる。そんな彼女の手を更にきゅっと握《にぎ》りしめてから、私はカイルの方を振り向いた。

「カイル！　私やったわ！」

カイルが私の肩を掴《つか》み、勢いよく抱き寄せた。

「アリシア！　おめでとう！　でも、僕にもわかるように詳しく説明してもらえるかい?」

「わかったわ。ちょっと待ってね」

私は自分の中のイメージをなんとか言葉にする。

「えっと、今までは魔法を使いたい、発現させたいと思って練習していたの。なんのための魔法なのかについて全く考えていなかったのね。魔法を使うこと自体が私の目的だったの。でも、違うのよ。魔法に必要なのは願いなの!」

「そ、それは一体どういうことですか!!」

マクスター先生の興奮した声が、思いの外、近くから聞こえた。

「私のように魔法の発現さえできないと、『魔法を使いたい、なんでできないの?』としか考えられなくなってしまうのです。だって、みんなは普通に使えるんですもの。でも、それでは魔法は使えないのです」

「なんと! それではなにが必要なのですか!?」

マクスター先生の興奮した声が響く。私は一旦息を吐き出し、落ち着いて話し始める。

「大きな違いは『願い』なのです。例えば防御魔法をかけようとしていた時、私は自分の身を守るということが具体的に想像できていませんでした。それよりも魔法や魔力に気持ちが偏《かたよ》っていました。魔力を出そう! 魔法を発現しよう! としか考えていなかったんです。スタンプの時も同じです。あれも私はできる限りの魔力を押し付けていただけなのです」

「なるほど。じゃあ、どうして今はできたんだい？」

　私はカイルの方に顔を向ける。

「ケイトの安全を祈ったの」

「「え？」」

「私は、心からケイトが危険な目に遭ってほしくないなと思ったの。別に魔法なんて発現しなくてもよかったのよ。純粋に、ケイトの安全を祈ったら魔法が発現したみたいなの」

　すると、マクスター先生がポンと手を鳴らす。

「そうか！　魔法を使おうとか、魔力を出そうとかは考えなかったんですね！　アリシア嬢が侍女を純粋に心配することで防御魔法が発現したと。これは興味深い!!」

　先生はそれからブツブツと独り言を繰り返して、ノートになにかを書く音が響く。

「それじゃあ、アリシアは魔法を使おうと思わなかったら使えたということか」

「そうね。もちろん昔から色々な『願い』は抱いていたけれど、魔法の概念と仕組みを理解した上で実行したことがよかったのかもしれないわ。魔力が発現する感覚もわかったの。今なら他の魔法も使えそうよ」

「本当かい？　じゃあ、少し試してみようか？」

「ええ！」

私とカイルは、未だにメモに夢中なマクスター先生を置いて立ち上がり、教室の中央に向かった。

「どんな魔法にする？」

「そうね。前にカイルがやってくれたように体を浮かべてみようかしら？」

私はそう言うとすぐに自分の体を両手で抱きしめた。

結果を想像して、願うのよ！

前世の時だって病院のベッドの上でいつも考えていたじゃない！　空を飛びたいって！

「体を浮かべるって……あれは難しいんだよ。え？　アリシア‼」

困惑するカイルの横で、魔法が溢《あふ》れ、自分の体がふわりと浮き上がるのを感じる。

……いえ、感じすぎる‼　浮き上がる体が止まらない！

魔力が出ていくのを止められない！

「キ、キャアアアアア！」

「アリシアーーーー！」

バチンという音と共に、痺《しび》れるような感覚が全身を覆《おお》った。そして、一気に体から力が抜けて、ストンと宙を落ちていく。

「カイル！　助けてっ」

どうすることもできず、床に叩きつけられるのを覚悟して、体を強張《こわば》らせる。その時、グイッと強く抱きしめられて落下が止まった。

「アリシア!!　大丈夫かい！　怪我《けが》はない？」

カイルの切羽《せっぱ》詰《つ》まった声が耳に届き、私は彼の首に腕を回して抱きついた。

怖かった……

「カイル……。私、一体……」

「大丈夫ですか！　今のはアリシア嬢ですか？　私の結界にぶつかりましたね！」

「結界？」

「ええ、たまに魔法を暴走させる生徒がいるんです。この教室には四方に私の結界を張っているんですよ」

「では、アリシアは天井の結界にぶつかったということですか？」

「そうみたいですね。でも一体どうしてあんな高さまで上がれたんですか？　上まで五メートルはありますし、もしかしてカイル殿下がアリシア嬢を浮かばせたんですか？」

「え？　難しいんですか？」

私はマクスター先生の言葉に首を傾げた。

「もちろんです。人を持ち上げるほどの魔力があるのは王族くらいです。それに、持ち上げられる側の魔力も引き出して使わないと、単独で浮かび上がることは不可能に近いのですよ」

「でも、馬はもっと大きいですわ」

馬とは、前世でいうところのオートバイのような魔道具だ。前世で使われていた名前でも、この世界では全く違う道具や生き物であることがままある。

「魔道具は別です。あれは魔力を増幅して宙に浮かべているので、乗る本人の負担は少ないように作られているんです」

「でも、私は……」

私が話そうとすると、カイルがそれを遮《さえぎ》るように私をギュッと抱きしめた。

「アリシア！　そうなんです。僕がアリシアを浮かばせるのを失敗してしまいました。申し訳ありません」

「やっぱり。カイル殿下、気をつけてくださいよ。でも、大丈夫ですか？　あんな高さまで浮かべたら流石《さすが》に魔力が尽きかけてしまいますよ」

「はい。以後気をつけます。アリシア、君も疲れただろう？　今日はこれで失礼しよう」

「え、ええ」

「そうですね。わかりました。私もアリシア嬢のことをレポートにまとめたいので、今日はこれで終わりにしましょう」

「はい。ありがとうございました」

カイルはそう言って、私を横抱きにして教室から出た。

「あの、カイル。私は大丈夫よ？」

「ごめん。アリシア、少し話をさせてほしい。いつものガゼボに向かうよ」

私の重さなど感じないかのように、カイルはスタスタと歩き出す。

私は彼のただならぬ様子に黙っていることしかできなかった。


「着いたよ」

カイルの声と共に、私は、ガゼボの中にあるいつものベンチにゆっくりと座らされた。

「カイル、さっきはどうしたの？」

私は待ちきれずにカイルを問いただす。

「アリシア、僕もまだ混乱しているけど、状況を確認させてもらうよ」

「ええ」

「君は君自身の魔法で自分の体を浮かべた。合ってる？」

「ええ」

「途中で制御不能となってそのまま浮かぶことを止められなかった。で、マクスター先生の結界にぶつかって落ちた。そうだね？」

「そうね。そうなるわ」

カイルが隣で黙り込んでしまう。

「カイル？　どうしたの？　なにか問題があるの？」

私はまた常識外のことをしてしまったのかと、ドキドキしながらカイルの返事を待つ。

「アリシア……。さっき先生も言っていたけれど、普通は飛べないんだ」

「先生もそう言っていたわね。でも、どうして？」

「自分を持ち上げるほどの魔力を持っている人間なんて、聞いたことがない」

「けど、カイルは私を浮かばせてくれたわ」

「あれだって凄く難しいんだよ。アリシアが望んだから、僕は自分ができる精一杯の魔法を使ったんだ。だって、君に初披露《ひろう》する魔法なんだよ。それだって、自分の魔力じゃなくてアリシアの魔力も使わせてもらっているよ」

「そんな……」

「いくら魔法が暴走したとしても、自分だけの魔力であんなに飛べるなんて……。凄いんだけど、まずい……」

「どうして？」

「今回、マクスター先生は見ていなかったから、僕の魔力が暴走したことにしたけれど……王族でもない君が僕以上の魔力を持っているとわかったら、良くて研究材料、悪くて魔法研究所に連れていかれて実験対象だよ」

「そんな……」

カイルから知らされる衝撃の事実に、絶句する。

「それくらい珍しいことなんだ。もしアリシアが自分の意思で魔法を制御できないとしたら、これからも今まで通り魔法は使えない、もしくは君が侍女にかけた程度のことしかできないということにした方がいい」

カイルの真剣な声に頷きながら、私もよく考えてみる。

確かに簡単に人が飛べるなら、みんな飛んで移動するわよね。でも、誰も飛ばないし、馬車や馬で移動している。それは飛べるほどの魔力は誰も持っていないから？

私は、今になってようやく、自分がとんでもない存在なのだと理解した。

「わかったわ……。もう、むやみに魔法は使わないようにするわ」

「ああ、そうしてほしい。君の侍女にも伝えておいて。これは僕達だけの秘密だよ」

「ええ、いつもありがとう。カイル」

「いいんだ。でも、君といると本当にいつもハラハラしている気がするよ。大人しくしているんだよ。僕のお転婆姫《てんばひめ》」

苦笑をこぼしたカイルは、私の額にそっとキスを落とす。そのキスからカイルの心配する気持ちが伝わって、なんとも言えない気持ちになる。

「カイル、心配ばかりかけてごめんね」

私が少し俯《うつむ》いて呟くと、カイルがしっかりと私を抱きしめた。

「前にも言ったけど、君がどんな存在でも僕は今のアリシアが好きなんだ。絶対に守るよ」

カイルの気持ちに胸が熱くなる。私は彼の背に腕を回して、不安な気持ちを吹き飛ばすように抱きついた。

～・～♣ カイルの気持ち ♣～・～

カイルは腕の中に収まるアリシアの不安を感じ取って、内心の動揺をなんとか覆《おお》い隠す。

カイルは混乱していた。

先日、今まで自分はエミリアに上手く丸め込まれていたんだと自覚した時よりも、アリシアが転生者だと告白してくれた時よりも、今、動揺していた。

それでも、アリシアが転生の話をしてくれた時、どんなに突拍子がなくとも、彼女のことを信じると決めたのだ。

そう伝えた時のアリシアの笑顔は、今まで見た中で一番嬉しそうだった。

しかし、神様はいつもアリシアに意地悪をしているように感じる。

転生者であることはまだいいが、この世界で盲目とはあまりに可哀想だ。

前世で、目が見えていたことを覚えていて、それを赤ん坊の頃から抱えていたなんて……自分なら絶対に耐えられない。

あの時、カイルの方が泣きそうな顔をしていたはずだ。

それなのに今度は、信じられないくらいの魔力量だ。アリシアにもその危険性は伝えたが、これは本当にまずい。

アリシアが浮かび上がった時に、マクスター先生がメモに夢中で本当によかった。もし見られていたらと思うと体が震える。それくらい危険なものなのだ。

当面は今まで通り魔法は使えないとしておいて、その間に制御できるように練習するしかない。制御の効かない膨大な魔力は、人を不安にさせるし、恐怖を与える。

けれど、カイルはこれからアリシアと不仲になる予定なのだ。

不安しかない。万が一にも誰かに魔力暴走を見られたら、それだけで本当に人から恐れられ、嫌われる要因になってしまう。

「カイル？」

腕の中でアリシアの瞳が不安そうに揺れる。

この美しく、優しく、強い婚約者を心から愛しているのだ。

カイルは、彼女の頬に小さくキスを落とし、必ず彼女を守ると決意を新たにしたのだった。

第二章　魔力暴走

〜・〜◆アリシアと襲撃事件◆〜・〜

私の魔力についてはパパさんにも秘密にすることとなり、私は今まで通り魔法が使えない令嬢として行動していた。マクスター先生にも魔法はあの一回しか使えなかったと報告し、先生がレポートを書き上げるまで、私の補習は一旦保留となった。

但《ただ》し、誰にも見つからないようにカイルと魔力を制御する練習を新たに始めることにした。

そんな忙しい毎日の中、まだエミリアさんと話すこともできずにいる。

「お嬢様、もうお休みのお時間です」

「ありがとう、ケイト。あの、明日なんだけど、エミリアさんと二人で話す時間は取れるかしら？」

「お二人で……ですか？」

「ええ、どうしても話したいことがあるの」

「わかりました。エミリア様のご予定を確認して参ります」

「よろしくね」

すると、ケイトがさっと手を取って、ベッドまで連れていってくれた。

私は横になりながら、これからのことに思いを巡らせる。まずは、明日エミリアさんと話して転生者なのかを確認しよう。

でも、どう話したら良いのかしら？

突然前世の話なんてしたら、また変な噂が立ってしまうわよね。

「うーーん」

それに、カイルの婚約破棄計画が実行されたら、もっと難しくなる。王子が婚約破棄を考えている者など、誰も相手にするはずがない。その前になんとかしてエミリアさんと話したい。

カイルに相談できるうちに、なんとかしてエミリアさんが転生者であるという確証を得たい。

もし、お互いに転生者だとハッキリしたら、エミリアさんはなにもしてこなくなるかも。私は発明には興味ないし、彼女の手柄《てがら》を横取りするような真似もしないと約束したら安心してくれるだろう。逆に前世のことを話せたら、また仲良くなれるかもしれないわ。

それでも、エミリアさんがなにかしてきたらどうしよう。

転生者ではなかったら？　ただ単に私が嫌いなだけだったら？

「はぁ、考えることが一杯ね」

まだ、いつ、どんなきっかけでカイルと不仲になるのかは決まっていないが、それはきっと近いうちに実行されてしまう。

不安を覚えて、ベッドのカバーを握《にぎ》りしめたその時、寝室のドアが叩かれた。

「ケイト？」

「お嬢様、急ぎのご連絡でございます」

「え？　誰から？」

ドアの向こうでケイトの声が響く。

「カイル殿下から通信が入っております。急用ということですが、いかがいたしましょう？」

私は上半身を起き上がらせ、ケイトに通信機を持ってくるよう伝えた。

「カイル？」

通信機に向かって話しかけると、向こうからカイルの焦った声が聞こえてきた。

「アリシア！　夜遅くにすまない。少し話してもいいだろうか？」

「ええ、大丈夫よ。なにかあったの？」

「ああ、今ここにカーライルが来ているんだ」

「カーライル様？」

カーライルさんは、アラカニール公爵の嫡男《ちゃくなん》で、私の従兄《いとこ》でもある。彼はカイルの友人で、一緒に王太子様を支えていく同志でもあるが、こんな夜更《よふ》けに人を訪ねるような人には思えない。

不思議に思って、私は首を傾げた。

「こんばんは、従妹姫。夜遅くにごめん」

「いえ、でも、一体どうしたのですか？」

「コホン、まずこんな遅くに訪ねたことを詫《わ》びさせてほしい。実は二人がエリック達に色々依頼しているのは聞いていて、私もできる範囲で周りを観察していたんだ。カイルやエリックは最近忙しそうにしていたから、私は執行部でのエミリアをそれとなく観察していたんだよ」

「そうだったのですね。ありがとうございます、カーライル様」

「それで、最近ちょっと気になることがあってね」

「まあ、なにか？」

「エミリアとアラミックなんだが、二人でいることが増えたんだよ。まぁ、アラミックは女生徒とも気安く話すタイプではあるけど、誰か特定の女性と一緒にいることはあまりなかったんだ。だから余計に気になってね」

「エミリアさんとアラミック様……ですの……」

ふと、先日、アラミックさんと話した時のことを思い出した。確かにあの時、彼の様子はおかしかった。

「あの、実は先日アラミック様に偶然お会いして少しお話ししたの。お友達が怪我《けが》をしたと言っていたから、お慰《なぐさ》めしたわ。ただ、その時少し気になることを言っていたの」

「どんな？」

「カイルはなぜ王位を目指さないのかとか、能力があるのにもったいないとか……」

「なんだってそんなことを？」

カイルが驚きの声をあげた。その後、カーライルさんが神妙《しんみょう》に呟く。

「なるほど、アリシア嬢にもそんなことを……。実は私にも同じようなことを尋ねてきたんだ。ただ、言い方はもっと嫌な感じだったけどね」

「嫌な感じ？」

「言いにくいけど、カイルが王位を目指さないのはアリシア嬢がいるからなのかと……」

「なっ！　どうしてそんなことに！」

カイルが声を荒らげる。そんな彼を宥《なだ》めるように、カーライルさんが続けた。

「もちろんきちんと否定したよ。カイルは第五王子だし、王太子様は優秀な方だから、私とカイルは臣下として支えることを楽しみにしていると。ただ、納得してはなさそうだった」

三人とも黙り込んでしまった。

アラミックさんの意図はなんだろう？　エミリアさんとの関係は？

グルグル考え込んでいると、カーライルさんが口を開いた。

「それで、さっき談話室の前を通りかかったら、二人の会話が聞こえたんだ。明日は大丈夫なのか？　もう止められないとかなんとか……」

「『明日？』」

私とカイルは同時に呟いた。

「だから明日は二人とも大人しくしていてほしい。あと、エリックにも話して護衛を強化してもらった方がいいね。ちょっとエリックを呼んでくるよ」

そう言って、カーライルさんはエリックさんのところに協力を頼みに行った。

「アリシア、大丈夫かい？」

私がボーッとしていると、カイルが心配そうに話しかけてきた。

「ええ、大丈夫よ。ねぇ、カイル。アラミック様は本当にただの貴族なのかしら？　普通は自国の王様や王太子様には敬意を払うものでしょう？　この前アラミック様がお二人を非難するようなことを仰《おっしゃ》っていたの……」

「……そうか。彼が側近候補になった時に父上に確認したが、問題はなかったよ。でも、もう一度確認してみよう」

「ありがとう」

「いや、君の勘は侮《あなど》れないからね」

すると、通信の向こうからカーライルさんとエリックさんの話し声が聞こえてきた。

二人一緒に戻ってきたらしい。

「エリック、カーライルから聞いてくれたか？」

「ああ、それは聞いたが俺はお前の護衛も兼ねてこの学校にいるんだ。あまり勝手に動くなよ！」

カイルの声に続いて、エリックさんのちょっと怒った声が聞こえた。

「ああ、わかってる」

「とにかく警備体制も見直したいから、明日は俺の側を離れないようにしてくれ。部屋に閉じこもるのもいいと思う」

エリックさんの言葉に私は思わず声をかける。

「エリック様、私は大丈夫ですわ」

「えっと……アリシア嬢？　通信か？」

「ええ、そうです。エリック様、エミリアさんがなにかを企《たくら》んでいるのなら、それはチャンスですわ。エミリアさんの次の一手がすぐにわかるということでしょう？　ターゲットの私達が部屋から出なかったら、なにも起こらないかもしれない」

「それはそうだけど、僕は心配だよ！」

「アリシア嬢、確かにチャンスではあるけれど、部屋から出ない方が絶対に安全だよ」

カイルが大きな声で私の言葉を遮《さえぎ》った。カーライルさんも心配げに話す。

「でも、みなさんもエミリアさんのことが気になっているのでしょう？」

「アリシア嬢、だが……」

エリックさんが更になにかを言おうとしたところを、カイルがため息を吐いて止めた。

「エリック、こうなったらアリシアは止められないんだ。きっと部屋にいろと言っても一人で出歩いてしまう」

「なっ！　やっぱりアリシア嬢は……なんというか……勇気がある……かな……」

「無謀《むぼう》とも言うけどね」

エリックさんの呆れ声に続いて、カーライルさんの少し怒った声が聞こえてきた。

私はしょぼんとして、小さな声で「ごめんなさい」と呟いた。見かねたカイルが、「しょうがないな」と囁いてから、エリックさんとカーライルさんに話す。

「ありがとう、二人とも。でも、アリシアの提案もありかと思うんだ。確かにこんなに早く動いてくれたら御の字だ」

「でも、狂言とはいえアリシア嬢との婚約を破棄する作戦もあるんだろう？」

「ああ、それくらいしかエミリアを誘《おび》き出せそうにないと思っていた。でも、明日、エミリアがなにかを仕出かしてくれたらその必要もなくなる」

「そうは言っても難しいよ。エミリアは今までも尻尾を出してないし……アラミックがどういうつもりなのか見当もつかない」

「明日なにも起こらなかったら、やはり不仲作戦を実行するしかないな。でも、まだ、みんなが納得するきっかけが掴《つか》めないんだ」

カイル達三人は既に明日以降のことについて考え始めた。

次から次へとアイデアや意見が飛び交い、彼等が本当に信頼し合っているのだと感じる。

「しかし、婚約を破棄するくらいで尻尾を出すかな？」

カーライルさんがポツリと呟いた。

その不安を振り払うようにカイルの明るい声がその場をまとめる。

「それは僕も不安ではある。しかし、ただ待っているだけじゃしょうがないだろう。それより本当にアラミックはこの件に関わっていると思うか？」

カイルの普段から想像できない厳しい声に私は思わず息を呑んだ。

「報告した通り、二人が明日なにかをすると話していたことを聞いただけだからなんとも……。残念ながら細かい計画まではわからない。ただ、あの雰囲気だと、良いことではないと思うよ」

カーライルさんが残念そうに話す。

「アラミックか……。悪い！　最近王都の方ばかり調べていて執行部に顔を出していないんだ。まさかアラミックがとは思うが、エミリアの時もそうだったからな。あり得ない話じゃない」

エリックさんも悔しげに声をあげる。

「気にしないでくれ、エリック。とはいえ、やはりアラミックについてはもう一度調査したいな。身元は確認しているが、アリシアも不審に思うことがあったようだし、念には念を入れた方がいいだろう」

「……わかった。明日の警護はエリックに任せて、私は王都でアラミックについて確認してくるよ」

「ありがとう、カーライル。そうしてもらえると助かる」

「ありがとうございます、カーライル様。私も疑いたいわけではないのですが、やはりこの間の言葉が少し気になってしまって」

「大丈夫だよ、従妹姫。父上に聞けばなにかわかるだろうからね」

「叔父様は外務大臣ですものね。隣国のことにもお詳しいわよね」

そうして、私達はその日の話を終わりにした。時計を見ると結構な時間になっていたが、頭は冴《さ》えている。

明日はエミリアさんと話そうと思っていたけど、無理そうね。これではいつまで経ってもエミリアさんの転生者（仮）の（仮）が取れないわ……

私は大きくため息を吐いて、天を仰《あお》いだ。


翌朝、私は眠たい目をこすりながら、気だるくベッドの上に半身を起こす。

結局昨夜は心配したり、緊張したりしてなかなか眠れなかったのだ。

「ケイト、起きたわ」

私が呟くと、ドアの開く音と共に紅茶の良い匂いが漂ってきた。

「おはようございます。お嬢様。昨夜は寝つきが悪かったようですので、眠気覚ましの紅茶をお持ちいたしました」

ケイトはそう言うと、私の手にカップを渡してくれる。温かい紅茶を一口飲むと、身体中が目覚めるような感じがする。

「ありがとう。ケイト」

いつもよりゆっくりとベッドで過ごしてから起き上がる。

朝の支度が終わり、ケイトが私の手を取った。

「お嬢様、防御魔法を」

「そうね。お願い」

「はい。承知いたしました」

ケイトが手の甲を撫《な》でると、フワリと魔力が体を包む。

彼女は私の持つ膨大な魔力のことを知っているはずなのに、恐れるでもなく、全く変わらない。本当に優秀な侍女なのだ。

それから私は女子寮のドアから出て、既に来ているであろうカイルを捜してキョロキョロと頭を動かした。

「カイル?」

「……ああ、ごめんよ。アリシア、僕はここにいるよ」

やっとカイルの声が聞こえて、私はにっこりと微笑んだ。

「おはよう、カイル」

「おはよう、アリシア。じゃあ、行こうか。今日はなにがあるかわからないから、絶対に僕から離れないこと！　いいね？」

不安はあるが、エミリアさん達の計画に乗る提案をしたのは私なのだ。気合を入れて返事する。

「ええ！　わかったわ！」

カイルは軽く息を吐くと話を続けた。

「あとアラミックの件、今カーライルに調べてもらっているよ。後で一緒に報告を聞こう」

「ありがとう、カイル」

それから、私達はなるべくいつも通りに過ごした。

しかし、予想に反して何事もなく一日が過ぎていく。

授業も終わり、今日はこのままかと少し気を抜いて、休憩するために談話室を訪れた。

その時、事件は起こった。

「きゃーっ!!」

私達が談話室に入り席に座ると、入口の方から悲鳴が聞こえたのだ。私は何事かと立ち上がり、声の方に顔を向ける。

「何事だ！」

隣からカイルの厳しい声と共に剣と剣がぶつかる音が響く。次いで、エリックさんの鋭《するど》い声が耳に届いた。

「カイル！　アリシア嬢！　避難してくれ！」

「アリシア、こちらに――」

カイルが私を呼ぶのを遮《さえぎ》るように、聞いたこともない男の声がすぐ近くで聞こえた。

「たかが第五王子が粋《いき》がってんじゃねぇ!!」

「え？　きゃあああっ」

「アリシア！　まずい！　攻撃魔法を使う気だぞ」

突然叫んだ男は、あろうことかこの談話室で、騎士団以外は使用が禁止されている攻撃魔法を発現しようとしているらしい。恐怖に比例するように、自分の中で魔力が膨張していく。

「駄目……。制御が……できない。カイル!!」

体がゆっくりと熱くなる。魔力が出口を求めて暴れているようで、息苦しい。

私はカイルの背中にすがりつく。

「アリシア！　……っ、駄目だ！　気持ちを落ち着けるんだ！」

カイルが振り向いて、私の両腕を掴《つか》んだが、私の魔力は今にも溢《あふ》れ出そうとしている。

だ、ダメ……駄目……だめ……

必死に抑え込もうとするが、身体が緊張して上手くいかない。

そして、次の瞬間、体内で張りつめていた魔力が弾けたのがわかった。

「全員防御しろ！　魔力暴走だ！　逃げろ‼」

カイルが、大きな声を出したと同時に私の魔力が溢《あふ》れ出す。

暴走した。暴走してしまった……

あまりに突然のことについていけず、茫然《ぼうぜん》と立ち尽くす。

辺りは雷のような激しい音に包まれた。次に大きく室内が揺れ、私の周りから音という音が消えた。

魔力を出し尽くした体から力が抜けて、私はガクリと崩れ落ちる。倒れる前にカイルがしっかりと私を抱きとめてくれる。彼の体温だけを感じ、なにも聞こえない。

しばらく静寂《せいじゃく》に包まれた後、悲鳴と共に一気に音が溢《あふ》れ出す。

「きゃあああああ‼」

「助けて‼」

「逃げろ！　魔力暴走だ‼」

周りからバタバタと人々が走り去っていく。その様子から大変なことになってしまったと察した。

「カイル……、どうしよう」

——やってしまった。カイルにあれほど他人には知られてはいけないと言われていたのに。でも、どうしてこんなことになってしまったのか、自分でも理由がわからない……最早、誰かが襲ってきたということに恐怖するよりも、私の魔力が暴走したことの方に慄《おのの》いていた。

全身から血の気が引いていき、手先が細かく震える。瞳から涙がはらはらと流れ落ちた。

「大丈夫だ。アリシアは大丈夫かい？　怪我《けが》はない？　歩けるかい？」

「だ、大丈夫……」

カイルはギュッと私を抱きしめると、手を離してマリアを呼んだ。

「アリシアの護衛だな。早くアリシアをこの場から避難させてくれ」

「はっ！」

私の周りに素早くケイトとマリアがやってきて、私の手を取った。

しかし、カイルと離れることに不安を覚え、彼の名前をすがるように呼ぶ。

「カイル！」

「今は一旦部屋に戻るんだ。ここは危険すぎる」

私は混乱していた。状況がわからず、手を引かれるまま歩き出す。

いつもとは違い、ケイトは何度も立ち止まり周りの様子を確認し、マリアも私にぴったりと寄り添い部屋に向かった。

「ケイト、一体どうなったの？」

「お嬢様、とりあえずは寮のお部屋までお静かにお願いします。少し早足で移動いたします」

それだけ言うと、ケイトは更にスピードを上げて、なにかから逃げるように寮に戻った。

いつも穏やかな彼女が緊張した空気を放っているので、私はなにも言えず、手を引かれるまま部屋に戻るしかなかった。

部屋に戻ると、私はたまらずケイトに先程の件について尋ねた。

悲鳴と剣の音、男の声に……私の魔力の暴走。それしかわからない。周りの状況が知りたかった。

ケイトはまず、私達を数人の生徒が襲撃したことを教えてくれた。

「襲ってきたのは誰だったの？　カイルは？　みんな無事？　ケイトは怪我《けが》はない？　マリアも大丈夫だった？」

心配が胸を覆《おお》い、気が急くまま矢継ぎ早に質問する。

「全員無事でございます。犯人達もマリア達護衛が既に取り押さえました」

私は一旦深呼吸をすると、一番聞きたかったことを確認する。

「えっと、私の魔力は……？」

「……暴走いたしました……」

「やっぱり……それで、その時の状況はどうだった？」

意を決して尋ねるが、ケイトはなかなか口を開こうとしない。

戸惑い、言いあぐねているのが伝わってきて、それが私のしでかした魔力暴走がいかに凄《すさ》まじいものだったかを物語っている。

私はケイトの手を掴《つか》んで懇願《こんがん》する。

「ケイト、話して！　お願い」

「……最初は、爆風のような強い風が……談話室を襲って……」

「それで……どうなったの？　誰か怪我《けが》は？」

「そ、それは大丈夫だと思います！　お嬢様の近くにはカイル殿下と襲撃者、そして、私どもしかおりませんでした。襲撃者は倒れましたが、私達はきちんと防御魔法が働いて傷一つございません」

「カイルも？」

「もちろんでございます。カイル殿下もご無事です。カイル殿下が暴走の瞬間、周りに結界を張られたようです。ですから被害は最小限に抑えられたのだと思います」

「そう、よかった……。よかったわ」

自分の引き起こした魔力暴走で、仲間の誰も怪我《けが》しなかった。

その事実に私は安堵《あんど》のため息を吐いた。誰かが怪我《けが》していたらと思うと……恐怖で体が震える。

「アリシアお嬢様……」

ケイトが心配そうな声と共に、温かい手で私の背中を撫《な》でる。そのおかげで、私は少しずつ冷静さを取り戻した。

「……この襲撃はエミリアさんが？　アラミック様もあの場にいたのかしら？」

「それはまだわかりません。犯人は、カイル殿下に不満を持った学生達だったようですが……」

「カイルに？」

「それは仕方がないと思います。なにをやるにしても、反発する者はおりますので。ただ、気になるのはその犯人の様子が、理性を失っているように見えたことでございます。こちらはわかり次第カイル殿下がお知らせくださるそうです」

「ありがとう、ケイト。その、悲鳴が聞こえたのは襲撃者のせい？　それとも私の……？」

するとケイトが言いにくそうに話してくれた。

「アリシアお嬢様、あれだけの魔力を持つ者はそうおりません。大きすぎる力は恐怖の対象になってしまうものです」

ケイトはとても遠慮がちに教えてくれた。

「……最悪ね」

ぽつりと呟いた言葉は、自嘲《じちょう》的な響きを帯びて、重苦しい空気の中に溶けていった。


～・～♥エミリアの策略♥～・～


カイル王子とアリシアが襲われた事件の数週間前。エミリアがいる空き教室のドアが開き、一人の男が入ってきた。

その男はエミリアの方に歩いてきて、人の良さそうな笑みを浮かべる。

「エミリア、突然呼び出してどうしたんだい？」

ドアから入ってきたのはアラミックだ。

エミリアには日本人女性として生きた前世の記憶がある。

ある日、ふとその記憶を取り戻し、今自分が生きる世界が、前世ではまっていた小説にそっくりだということに気付いたのだ。

　確か、その小説の主人公の名前も自分と同じ『エミリア』。

　物語の内容を思い出しながら、様々な発明を披露《ひろう》すると、エミリアの実家は瞬《また》く間に富を築き、彼女自身も人々から尊敬を集めた。そうしているうちに、いつしかエミリアの目的は、物語の主人公の行動を追体験し続けることになっていった。

　そんな折、悪役令嬢アリシアが聴講生として学校に編入してきた。おそらく物語の強制力が働いたのだろう。エミリアはこのチャンスを最大限に利用したかった。

　物語のカイル王子と悪役令嬢がそうであったように、喧嘩《けんか》するように仕向けたり、アリシアが物語通りの我が儘で意地悪な令嬢であるとあらぬ噂を広めたりした。

　それなのに、現実はなかなか物語通りには進まなかった。

　カイル王子は悪役令嬢と喧嘩《けんか》してもストーカーのように見守っていた。それどころか折角《せっかく》エミリアが拡散した噂を収束させたり、出所を探ったり、悪役令嬢襲撃事件の犯人にまで調査を広げたりと全然話が進まないのだ。

　実際二人は、たった一週間で仲直りしてしまった。

（そこは悪役令嬢に幻滅して私に目を向けるところでしょう！　ほんっとに無駄だっ

たわ）

エミリアは一向に始まらない自分とカイル王子の恋愛パートも、これから成り上がっていくシナリオもまだ諦めてはいない。この二つのイベントの順番は、逆でもいいかもしれない。

ふとしたきっかけで、エミリアはアリシアが転生者ではないかという疑いを持った。それもあってカイル王子との恋愛はなかなか上手く進められない。だから、先に成り上がりパートを進めることにした。

物語通りエミリアが王妃になるにはカイル王子が王位を望まなければならない。それには協力者がいる。

考えたエミリアは、協力者になり得る人物を呼び出した。

それがアラミックだ。彼は、物語の中では重要な役割を担《にな》う重要キャラクターなのだ。

エミリアは内心ほくそ笑みながら、アラミックに向かい合う。

「あっ！　すみません、アラミック様。いえ、アラミック王子と呼んだ方がよろしいですか？」

エミリアがそう言った途端、彼から人懐っこい笑顔が掻き消えて、傲慢《ごうまん》な表情が現れた。

「なるほど。お前が情報通というのは、本当だったということか？　よくわかったな」

今までのアラミックからは到底想像できない、尊大な口調だ。エミリアは、やはり物語の設定通りね、と笑った。

アラミックは、表向きは隣国の貴族の次男で、遊学中となっているが、実は隣国の王子なのだ。王太子ではないものの、将来は外交を取り仕切る立場が約束されている第二王子だ。

物語でアラミックはカイル王子をサポートし、エミリアと共に王位に押し上げる役割を担《にな》っていた。

ウオレイク王国と揉めているアラミックの国・ラングランド王国では、このサーナイン王国から挟み撃ちにされる不安を常に抱えていた。

だが、カイル王子ならば信頼できる。アラミックが上手く立ち回り、カイル王子が王になったら、より強固な同盟を結べる。

更に彼は、この手柄《てがら》を土産に祖国に帰り自らも王位を目指すつもりのはず。

エミリアは物語におけるアラミックの役割を頭の中で反芻《はんすう》する。

「お前の望みはなんだ？」

アラミックは、人を使うことに慣れた口調で続ける。

「アラミック王子、私はこの国の王位はカイル王子が継ぐべきだと考えております」

エミリアの言葉を聞いて、アラミックが目を眇《すが》めた。

「確かにカイル王子は第五王子。王位からは遠い立場です。しかし、王はその器《うつわ》に相応《ふさわ》しい者がなるべきだと思いませんか？」

前世の物語の台詞《せりふ》をそのまま言ってみた。アラミック自身、兄より自分の方が優秀だと考えているので、この言葉に心が動くはずだ。

――トドメだ！

「私は、アラミック王子とカイル王子が手を取り合えば、この国と殿下の祖国に安寧をもたらすと考えております。……しかしながら、ご存知の通り、カイル王子は政治的なことよりも、婚約者のことばかりにかまけております。殿下もご覧になりましたよね？　カイル王子の執行部設立の手腕《しゅわん》を！　ただの一貴族としておくには、あまりに惜《お》しいと思いませんか？」

アラミックの顔色が、明らかに変わった。野心と希望が入り混じり、カイル王子に自らの進退を重ねているようだ。

「どうでしょう？　アラミック王子。私と二人で、カイル王子を王位に押し上げませんか？」

アラミックは、悪魔の囁きを耳にして、しばらく目を閉じた。そして、スッと顔を上

げると頷いた。

「いいだろう。お前の策を聞かせてみろ」

こうして、エミリアは成り上がりパートにおける最高のキャラをゲットした。

それから話はトントン拍子に進み、二人は協力者となった。

何度か二人で話し合った結果、カイル王子はアリシアがいる限り王位を目指すことはないだろうという結論が出た。

アラミックは手っ取り早くアリシアを排除する案を推してきたが、エミリアはできる限り物語に沿って話を進めたかった。そうするのがヒロインである自分の役目なのだ。

アリシアにはあくまで自業自得で退場してもらう必要がある。しかも、なんの違和感もなく、物語通りにだ。慎重に進めなければならない。

なんと言っても転生者かつ悪役令嬢のアリシアも、なにか企《たくら》んでいるかもしれないのだ。

もしそうなら、早めに邪魔な芽は摘まなければならない。

物語を知らないアラミックは回りくどいと不満そうだったが、二人で協力してカイル王子とアリシアの仲を引き裂《さ》いて物語を元に戻すのだ。

それから毎日、エミリアは自分なりに試行錯誤《さくご》した。

アリシアをみんなの前で馬鹿にして、なんとかアリシアを怒らせ、噂通りの令嬢に見えるようにアピールした。それなのに、全然上手くいかなかった。

アリシアは滅多なことでは怒らず、いつもカイル王子の隣でにこにこ笑っている。

更に、最近は取り巻きのナタリー達がアリシアの好意的な話を周囲に広め、折角《せっかく》流した噂まで消えかかっている。

そんなある日、今度はエミリアがアラミックに呼び出された。

「アラミック様！　一体どうしたんですか？」

アラミックがエミリアを呼び出すのは初めてのことだったので、慌《あわ》ててやってきた。

「それはこちらが言いたい。色々大きなことを言っていた割に、やることは毎日コソコソと……くだらん」

アラミックはそう言って、エミリアの前に座った。エミリアはあれ？　と不思議に思った。

最近のエミリアは確かに良い方法が思い付かずカイル王子とアリシアを遠巻きに見ているだけだった。そのことについてアラミックには何度か嫌味を言われたが、そんな時はいつも不機嫌をあらわにしていた。

それが今、彼は不気味にニヤニヤと笑っている。エミリアは、恐る恐る尋ねた。

「アラミック様、なにかあったのですか？」

「聞きたいか？」

「はぁ……」

「カイルを襲ってみてはどうかと思うのだ」

「え⁉ 今、なんと？」

アラミックは、なんでもないことのように話した。

「正確には明日カイルを襲わせる予定だ」

「な、なぜですか？」

「なぜ、とは面白いことを言うな。お前が言ったのだろう？ あの二人が別れたら、婚約者馬鹿のカイルも王位を見るようになると。お前の言う通りにしていたら、いつになるか見当もつかん。アリシア嬢は襲ってはいかんのだろう？ だからカイルを襲わせるのだ。アリシア嬢の両親は彼女を溺愛《できあい》している。たかだか学校内の問題で生徒から恨《うら》みを買って襲われるなど、公爵家の婿《むこ》としては失格だろう？」

「襲わせるって……。だっ、誰にですか？」

「カイルのやり方に不満を持つ馬鹿な奴等に、だ。前にカイルを手伝って反抗勢力の弱みを握《にぎ》るために潜入したことがあっただろう？ その伝手《つて》を使って、ちょっと煽《あお》ったらすぐに動いてくれたのだ。しかも、私を味方と疑いもしない。精神感応魔法で少し興奮させてやった」

アラミックは、そう言って自慢げに鼻で笑う。

エミリアは、アラミックが勝手に動いたことで、またしてもこんなはずじゃなかったと内心呟いた。

そうなのだ。こんなはずじゃなかった。カイル王子は自分を好きになるはずだし、アリシアは没落し、アラミックと助け合って一緒に成功を掴《つか》むはずだ。

それなのに現実はあまりにも物語とかけ離れている。エミリアはため息を吐いた。

「本当に明日なんですか？　大丈夫なんですか？」

「ああ、明日二人が談話室に来た時に仕掛けるようにした」

「ア、アラミック様が唆《そそのか》したとバレたらどうするんですか!!」

「大丈夫だ。私のことを話したら死ぬ。いや、話そうとしたら死ぬだな」

「の、の、の、呪いをかけたんですか？」

「その言い方は人聞きが悪いな。ただ単に生きるための条件を設定しただけだ。それにもう止められないぞ」

アラミックが酷薄に笑うのを見て、エミリアは背筋が冷たくなった。

確かにこれで、物語は軌道《きどう》修正されるかもしれない。

ただ、エミリアが思っていたよりもずっと深刻な事態になろうとしている。

ニヤニヤと笑い続けるアラミックを見つめながら、エミリアの顔はどんどん青くなっていくのだった。

第三章　婚約破棄作戦

～・～◆アラミックの正体◆～・～


カイルからの連絡を待って悶々《もんもん》としていた私に通信が入った。

私は飛びつくように通信機に話しかける。

「カイル⁉」

「アリシア、遅くなってすまない。あの後、大丈夫だったかい？」

少し疲れた声でカイルがふぅと息を吐き出した。

「私は大丈夫よ。カイルは？　私の魔力暴走で怪我《けが》はしてない？」

「ああ、大丈夫だよ。今、談話室の片付けと襲撃者の対処が終わったところだ」

「……ありがとう、カイル。みなさんは大丈夫だった？」

「ああ、みんな大丈夫だよ。まぁ、襲撃者達は怪我《けが》していたが大したことはない。でも、流石《さすが》にあんな狭い談話室で攻撃魔法を使おうとしたんだ。騎士団に引き渡したよ。しかも、ターゲットが君と僕だ」

「そうなのね。わ、私の処分は……」

「え？　君にはなんの落ち度もないよ。攻撃されるところだったんだ。パニックになって魔力を暴走させても罪には問われない。正当防衛だよ。ただ……」

カイルが口ごもる。

「ただ？」

私が先を促すと、カイルが少し早口で話を続ける。

「あれだけの魔力があるとバレてしまった。明日王宮に呼び出されて色々聞かれると思う」

「……そうなのね」

やはりこの魔力は普通ではないのだ。ガックリと肩を落とす私の様子が伝わったのか、カイルが慌《あわ》てたように話し出す。

「もちろん、僕も一緒に行くからね」

カイルの優しい声に心が温かくなる。私は顔を上げて頷いた。

「わかったわ。ありがとう、カイル」

「いや、いいんだ。それに今は学校にいない方がいいかもしれない。君は、その、なんと言うか……恐怖の対象になってしまっている」

「そうね。ケイトから聞いたわ。そうよね、怖いわよね。魔力を暴走させる可能性があるんだもの……誰も近づかないわ」

カイルはしばし沈黙した。それは同意したということだ。

私は意図せず嫌われるどころか、怖がられることになってしまった。

「とにかく！　明日呼び出されるだろうから、準備しておいてくれるかい？　あと王宮ではカーライルが待っているはずだ。あちらで合流できると思う」

「わかったわ。それで……エミリアさんはこの件に関わっているの？」

「それがわからないんだ。僕達にしてもカーライルが立ち聞きしただけで証拠があるわけでもないからね。捕らえた襲撃者の証言待ちかな」

「そう、まだ、わからないのね」

「とにかく、今日は部屋から出ないで過ごすんだよ。明日迎えに行くからね」

「ええ、ありがとう、カイル」

そうしてカイルからの通信は切れた。

明日の説明は、きっと尋問なのだろう。不安だったが、もうしょうがないと今日は休むことにしたのだった。

次の日、カイルの言った通り、騎士団と魔法研究所から呼び出しの連絡が入った。そのすぐ後にカイルからも連絡があったので、呼び出しは二人一緒らしい。

私達は、早速王宮に向かう準備をして用意された馬車に乗り込んだ。よく考えると久しぶりの王都だ。

「アリシア、緊張してる？」

カイルが隣で私の手を握《にぎ》ってくれた。

「そうね。緊張しているみたい」

無理して笑顔を作ると、カイルがトントンと手を叩く。

「大丈夫だよ。僕がついてる」

いつもと変わらないカイルの優しい言葉に、肩から力が抜ける。

そうよ。いつもカイルがいてくれたじゃない。そう素直に思える。

「ありがとう、カイル。貴方がいてくれて、本当によかった」

そうして私達は王宮に到着した。

馬車から降りると、早速カーライルさんの声が聞こえる。

「カイル！　アリシア嬢！」

「カーライル！」

カイルが返事をしたのと同時に、カーライルさんが走り寄ってきた。

「なんというか大変なことになったね。念のため、カイルから連絡があった時点でホースタイン公爵と父上に連絡してある。もうすぐ二人とも着くはずだ」

カーライルさんからパパさんの名前を聞いて、ビクッとする。

そういえば昨日、バタバタしていて連絡するのを忘れていた。ケイトが報告をしているだろうが、あのパパさんだ……きっと心配しているに違いない。

その時、案の定エントランスホールにパパさんの声が響いた。

「アリシアーーーーッ‼」

突然の大声に驚く暇もなく、私の体はパパさんにがっしりと抱きしめられていた。

「アリシア！　心配したよ！　昨日は怖い目に遭ったんだって⁉　お父様は心配で眠れなかったよ！　大丈夫なのかい？」

「お、お父様、大丈夫です。大丈夫ですからお離しください。苦しいですわ」

「ああ、ごめんよ。それに魔力も暴走したんだって、一体なんでそんなことに！」

「スティーブン、ちょっと落ち着け。アリシア嬢も驚いているぞ。カイル殿下、アリシア嬢、お久しぶりです」

「お久しぶりです。アラカニール公爵」

カイルの声に私もさっと淑女の礼をとる。

「ご無沙汰《ぶさた》しております。ヘンリー叔父様」

久しぶりに聞いたカーライルさんのパパさんであるヘンリー・アラカニール公爵の声に、自然と背筋が伸びる。

ヘンリー叔父様はこの国の外務大臣をしているのだ。そして、パパさんの妹の旦那さんで、お友達でもある。

「話はカーライルから聞いております。騎士団や魔法研究所と話す前に時間をもらっているので、こちらで少し話しましょう」

そう言って歩き出したヘンリー叔父様の後を、みんなでついていった。

すぐ近くに用意されていた部屋に入り、護衛達には外で待機してもらう。部屋にはパパさん、ヘンリー叔父様、カーライルさん、そしてカイルと私の五人だけになる。

パパさんがコホンと咳払いをして話し始めた。

「まずはみんなの持っている情報を整理しよう」

家では絶対に見せないお仕事モードのパパさん。新鮮な気持ちでパパさんの方に顔を向けていると、カーライルさんが話し始めた。

「みなさんご存知の通り、私は隣国から留学中のアラミック・バークレーの身元を確認しに王都に来ました。カイルから一度確認していると聞いたのですが、最近様子がおかしいので父上に相談した次第です。すると、この件については伯父上の許可が必要と聞きました。今日伯父上と面会させていただく予定でしたが、丁度カイル達が呼び出されたと聞いて駆けつけたところです」

「アラミック・バークレー君ね。なぜカーライル君はそのことを調べに？」

パパさんが尋ねると、カイルが口を開いた。

「それは僕から説明します、ホースタイン公爵。まず、カーライルに調査を依頼したのは僕です。最近アラミックの言動に不審なことが重なりまして、もう一度身元を確認してほしいと彼にお願いしたのです」

「不審なこと？」

「実は、アリシアがアラミックの言動に違和感を覚えたようなんです。アリシアは目が見えない代わりに勘が鋭《するど》いので、アラカニール公爵の広い人脈を借りて、確認してもらいました」

「なるほど……。さて、ではアリシアがここにいる理由を教えてもらおうかな？」

　パパさんの一際明るい声に私はビクッと体を揺らした。

　これはパパさんが怒っている時の声なのだ。

「えっと、お父様……あの」

「ん？　どうしたんだい？　可愛いアリシアはまさかお父様に秘密なんてないよね？」

「う……。ご、ごめんなさい……」

「なにかな？　ちゃんとお話ししておくれ、可愛いアリシア。お父様は昨日騎士団と魔法研究所から連絡を受けてどんなに驚いて、心配したか……。それに魔法は使えなかったんじゃないのかな？」

「…………はい」

「こ、公爵！　これは、その僕がアリシアに誰にも話さない方がいいと言ったんです！」

「ほぅ……。そうですか。カイル殿下が？」

「はい！」

「いいえ！　私が悪いのですわ！　お父様！　あのちゃんと説明しますので聞いてくだ

さい！」

「……わかったよ。じゃあ、話しておくれ」

パパさんの怒った気配がなくなったので、私は一度深呼吸してから魔法について話した。

マクスター先生の補習で魔法が使えたこと、ただ魔力の制御ができないこと、その魔力が平均より膨大なこと。そして、昨日襲われた時、恐怖のあまり魔力が暴走してしまったこと。

「というわけで、今日は魔力の暴走について説明をするためにこちらに呼ばれましたの」

すると、パパさんが私の頭を優しく撫《な》で、いつもの優しい口調で話しかけてきた。

「そうか……アリシアにはそんなに魔力があったのか……。お父様も気付かなくて悪かったね。でも、怪我《けが》がなくて本当によかったよ」

「ありがとうございます、お父様」

慈しむようなパパさんの声に、胸がじんと熱くなる。

そんな私の横で、コホンと咳払いをしたカイルが再び話し始めた。

「それで、これから僕は昨日の襲撃者について話す予定です」

「襲撃の話は聞いています。ナカハヤス家のエリック君と護衛達が捕らえてくれたようですね」

「はい。恥ずかしながら、僕に不満を持っている者達による仕業《しわざ》だったようです。本当に申し訳ありませんでした。ただ、このことにエミリアやアラミックが関与しているかもしれないので、そこはこれから調査したいと思っています」

「わかりました。そういうことなら騎士団と魔法研究所の聞き取りについてはこちらで対応しておきます。なんといってもあのアラミック・バークレー君が絡んでいるかもしれないのなら、そうそう手出しはできません」

パパさんの言葉が気になり、思わず尋ねる。

「え？　どういうことですの？　アラミック様についてなにかご存知なのですか？」

「そうだな。その辺りは外交の話だからヘンリーから話してくれるか？」

「ああ、わかった。でも、本当に話していいんだな？　スティーブン」

「ああ、このメンバーであれば問題ないだろう」

「それじゃあ、アラミック・バークレーについては私が説明しよう。その前にカーライル、お前はどこまで調べたんだ？」

「昨日、隣国ラングランド王国の貴族名鑑を確認しました。確かに名門貴族であるバークレー家にアラミック・バークレーの名前は載っていました。……しかし、彼の年齢は七十歳と記載されていたのです」

「ああ、それで私に相談してきたのか」

そして、ヘンリー叔父様はなにかをガサゴソと取り出したようだ。

「これは？」

カイルが尋ねる。

「数ヶ月前、隣国で行われた建国記念式典の写真です。国王一家の写真の右端を見てみてください」

「――っ、これは！」

「え？　どうしたの？　カイル？」

私は見えないことがもどかしくて、身を乗り出してカイルに確認する。

「アラミックだ。アラミックが王族として写真に写っている」

「アラミック様が……王族？」

「まさか！　本当か？　カイル、私にも見せてくれないか」

カーライルさんはカイルから写真を受け取って「まさか……」と呟いた。

「……アラミックは、隣国の王子なのですか？」

カイルの発する神妙《しんみょう》な声で、私はことの重大さに気付いた。

隣国の貴族の次男と王子では訳が違う。

これでパパさんが、騎士団と魔法研究所を一旦引かせた理由がわかった。決して私達を特別扱いしたわけではないのだ。隣国の王子が留学先の国の王子を襲撃したなんて知れたら国際問題になる。

「でも、お父様は確かに王家の番人といわれておりますが、あくまで一貴族。このようなことを勝手にお決めになってても大丈夫ですの？」

さっきから私は、外務大臣の叔父様が、外交には権限を持たないはずのパパさんに従っていることを不思議に思っていた。

「あぁ、お前にはまだ話していなかったかな？　私は王直轄《ちょっかつ》の諜報《ちょうほう》機関の長《おさ》なんだよ。この国の裏というか表に出し難い案件はこちらが一手に引き受けてるんだ」

「まぁ！　そうなのですね」

驚いているのは私だけなので、みんな知っていることみたい。あの過保護で心配性なパパさんがそんな偉い立場だったなんて。

「とにかくアラミック・バークレーのことについて、少し話しておこう」

パパさんがコホンと咳払いをしてから話し始める。

「今のところアラミック王子のことは限られた者しか知らない。隣国はあまり情報を開示しないから、先程の写真もなかなか手に入らないものだ。まずはアラミック王子を取り巻く環境について話そう。カイル殿下がアラミック王子を側に置いたのはわかるんだよ。確かにアラミック王子は優秀だからね。だが、野心までは見抜けなかったという感じかな」

「野心、ですか？」

カイルが戸惑いながら、パパさんの言葉を反芻《はんすう》した。

「ええ、これは本当に内密にしてほしいんですが、アラミック王子は優秀だが好戦派でね。穏健派の現王と王太子に不満を持つ者も多く、第二王子である彼を次期国王にと担《かつ》ぐ者が後を絶たないらしい。更にアラミック王子も満更でもない態度で国が二分されかけたようなんだ。そこで、隣国の王が外遊という名目で国外に出して、一旦彼を次期国王に推す人間から隠した。その間に第一王子の地盤を盤石《ばんじゃく》なものにすると聞いている。このことは本人も知らないはずだ」

それからもパパさんの口から衝撃の事実がいくつも飛び出した。

アラミックさんは第二王子として外交を学ぶため、父王から留学を命じられたと思っているらしい。国王としては兄を支えてほしいが、アラミックさんも父と兄に不満を持っていて、武力で物事を解決しようとするきらいがあるとか。

ただでさえ隣国は、大国に挟まれて常に緊張状態にあるのだ。内政が不安定になり、そこを他国に付け込まれたら多くの血が流れるだろう。

問題の根本的解決にはなっていないにせよ、アラミックさんを留学させ、好戦派の勢いを一旦下火にしたいという考えも理解できる。

「でも、お父様。私はアラミック様が戦争を憎んでいるように感じました」

私は先日のアラミックさんを思い出しながら話す。

「だからこそ、一気に戦ってこの状況に片を付けたい一派がいるんだよ」

「まぁ……」

驚く私の横から、カイルが確認する。

「なるほど。で、エミリアはなんらかの方法でアラミックが王子であることを嗅《か》ぎつけて、彼の野心を刺激している可能性があるわけですね」

「そうなるとちょっと厄介《やっかい》ですね。アラミック王子は人に流されやすい一面があると聞いています。正しい人間に囲まれた環境こそが彼には必要なのに、王位を目指すよう煽《あお》ると、変にやる気になりそうだ。更に彼はカイル殿下と自分を重ねている可能性もあるんです」

「え？」

「自分のことはわからないかな。カーライル君ならわかるだろう。まだまだ若いがカイル殿下は優秀だし、万が一、国王になっても十分にやっていける能力があるだろう。兄がいる優秀な王子だという点も同じなんだ」

「でも、カイルには野心などありませんよ！」

「そりゃそうさ。アリシアがいるんだから。だからこそ、カイル殿下は臣下になって公爵として王太子殿下を支えることになんの疑問もないだろう？　違いますか？　カイル殿下」

「その通りです」

カイルが同意を示した後、今度はカーライルさんが答える。

「仲間内で一緒に王太子殿下を支えていこうと話していました。それに、カイルの側近達も王太子殿下の治世のためには必要です」

「だろうね。だから、王家にとってもアリシアとの婚約は絶対に必要だったんだよ。ただ単にカイル殿下の希望を叶えるためだけじゃない。王族や貴族の婚姻はそんなに甘くない。これはカイル殿下に王位を見せないための施策でもあったんだ。まぁ王にとってはアリシアじゃなくてもカイル殿下が夢中になれる臣下の令嬢が必要だったって感じかな」

「そんなことを……父上が？」

「それはそうですよ、カイル殿下。王は早くからカイル殿下の能力を買っていました。もちろん他の王子達も優秀ではありますが、カイル殿下が早く臣下に下る先を探していたのも本当です。王妃になり得ない盲目のアリシアは本当に都合がよかったのでしょう。ただ、こちらとしてもアリシアを大事にしてくれる、その上、公爵家も任せられる婿《むこ》を探していましたからカイル殿下には不満はありません」

パパさんはそう言いながらも、小声で恨《うら》みがましく一言付け足した。

「早過ぎたとは今でも思っていますし、アリシアを危険な目に遭わせなければ、ですけどね」

カイルが言葉に詰まる。パパさんは未だに私が襲われたことを根に持っているのだ。

「だが、なんでまたアラミック王子はエミリア嬢なんかと仲間になったんだ？　たかだか男爵令嬢だぞ？」

ヘンリー叔父様が不思議そうに呟いた。それにパパさんが低く答える。

「そのたかだか男爵令嬢が発明を繰り返し、実家を裕福にして、第五王子の学友になったんだぞ？　アラミック王子を丸め込む、もしくは野心を刺激することなど造作もないだろうさ」

「目的はなんなんだ？」

「それがわからないんだよ。男爵は未だに我が世の春と浮かれていて……もちろん上位貴族との繋がりを欲してはいるが、カイル殿下や隣国の王位にまで興味があるようには見えない。男爵にはエミリア嬢を王妃にという大それた野心はなさそうだし、そこまでの能力もないだろう」

「そうだな」

ヘンリー叔父様が肯定すると、パパさんが困ったように続きを話す。

「だが、エミリア嬢はわからない。もし本当に我が国の王妃の座を狙うなら、アリシアを蹴落《けお》としてカイル殿下に近づくだろうし、隣国の王妃の座が目的ならアラミック王子と王位を狙うはず。……やはり、先日カイル殿下とアリシアが言っていたことは正しかった。確かにエミリア嬢の目的は学校内にある。なぜなら学校には王位を狙える王子が二人もいるんだ。まあ、どちらにしてもエミリア嬢が次にどう行動するかにかかっているかな」

もしパパさんの話が事実なら、国の王位継承問題に発展するかもしれない。私はことの大きさに頭を抱えた。

その後、パパさん達の計らいにより、結局、騎士団と魔法研究所になにか聞かれることはなかった。

私達はエミリアさんとアラミックさんの目的を、パパさん達は隣国の動向とフレトケヒト男爵が関与していないかを調査することになった。

数日後、残念ながら、当初の計画通りに状況は進んでいた。

私は周りから遠巻きにされる令嬢になったのだ。その上、カイルからも恐れられ、婚約破棄寸前といわれている。

確かにエミリアさんの目的を確認するには丁度いいかもしれないけれど、恐怖の対象として見られるのはあまりいい気分ではない。

「カイル殿下とアリシア様が婚約を解消なさるそうですわ」

「それはそうですわ。あんな魔力があったらなにかあっても逃げられませんもの」

「お可哀想なカイル様。でも、これでアリシア様が危険人物であることがみんなにわかったんですもの。婚約を解消できるのは本当によかったですわ」

「そうよ。身分的には難しいかもしれませんが、カイル様にはエミリア様のように優秀でお優しい方が一番だと思いません？」

「その通りですわ！」

ヒソヒソと聞こえてくる私への誹謗《ひぼう》中傷に下を向きそうになるが、グッと堪えて真っ直ぐ前を向き、堂々と見えるように歩いた。

今、自分が怖がられているこの状況を、私達の不仲説を流すのに利用しようとカイルに提案したのだ。

私の膨大な魔力に縛られていたカイルが、今回の暴走事件でとうとう婚約破棄を言い出したという噂を流して今に至る。自分で言い出したことだが、人から嫌われるのはやはり精神的にこたえる。

その時、さっと横に誰かが並んだ気配がして身を固くする。

「アリシア様、ナタリーですわ」

私は足を止めて隣に顔を向けた。

「ナタリー様、私と話しているとナタリー様まで色々言われてしまいますわ」

「でも！」

「……では、今から図書館裏のガゼボでお会いいたしましょう。少し離れてきてくださいね」

「はいっ」

ナタリーさんの返事に頬が緩《ゆる》むのを我慢して、怖い令嬢としてそのまま彼女の前を素通りした。

「まぁ、ご覧になりました？　あれだけ親切にしてもらったナタリー様のことを邪険にするなんて。やっぱり膨大な魔力でみんなを従わせていたという噂は本当なのよ！」

更に酷い噂が流れていくのを振り切るように、私はガゼボに向かった。ガゼボに据えられたベンチに腰を下ろすと、ナタリーさんが凄い勢いでやってきた。

「アリシア様!!　どうしてあの噂を否定なさらないのですか!!　アリシア様とカイル様は真実想いを寄せ合っておいでではないですか！」

「ナタリー様、落ち着いてください。今はこれでいいのです」

「でも！　私は我慢できませんわ！」

「詳しくはお話しできないのですが、今は私には近づかないでください。私はみんなから嫌われてカイルからも婚約破棄されそうな、恐怖の公爵令嬢でいなければなりませんの……」

私は両手を胸の前に組んでナタリーさんにお願いする。

「…………なにか、ご事情がおありですのね？」

「はい」

「私にはお話しできないことですのね？」

「今は……まだ……」

ナタリーさんは少し沈黙して、大きく息を吐き出した。

「わかりましたわ。今はなにも聞かずに現状を受け入れます。マチルダさん達にもそのように伝えた方がよろしいのですね？」

「はい」

「でも、なにかお困りになったら絶対にお話しくださいね。私達はアリシア様のためなら、友人のためならなんでもいたしますわ」

ナタリーさんの優しくも力強い言葉に胸が熱くなる。

「あ、ありがとう……ございます」

思わず涙をこぼすと、ナタリーさんの優しい指先が私の頬を撫《な》でた。

「本当に無理はしないでくださいね、アリシア様」

私はただただ頷くことしかできなかった。ナタリーさんは、気遣わしげに私の手を取った。

「では、私は行きますわ。あまり一緒にいるところを見られない方がよろしいのですよね？」

「はい、ありがとうございます」

一度しっかりと私の手を握《にぎ》ると、ナタリーさんはガゼボを去った。

私はそのまま動くことができなかった。

こんなに心配してくれたのに、なにも話すことができない。その事実が胸に重くのしかかった。

その後、気分が優れず、授業を休んで寮の自室で過ごすことにした。

一応通信でカイルとは連絡を取ってはいたが、外に出る気になれなかった。

初めは私を庇《かば》ってくれていたナタリーさん達は、お願いした通り今は傍観してくれている。

折角《せっかく》友達になれたのに離れてしまうのは残念だが、もしこれで彼女達に被害が及んだら、悔やんでも悔やみきれない。私はこれでよかったのだと無理やり納得した。

あとはエミリアさんとアラミックさんの調査待ちだ。今学校中が私とカイルの話題に持ちきりで、エミリアさんにとっては動きやすい状態になっている。

そこを狙ってカイル達が調査しているのだ。

～・～♥ エミリアの誤算 ♥～・～

エミリアは困惑していた。

先日のアラミックの暴走にはびっくりしたが、結果的には軌道修正《きどう》をはかることができた。

物語とは状況は違うものの、カイル王子が婚約破棄を言い始めたからだ。

しかし、あれ以来アラミックのことが全く理解できなくなってしまった。

アラミックは確かに有能で、カイル王子の王位継承のため奔走《ほんそう》するキャラなのだが……カイル王子を襲ったことでなにかに目覚めたのか、最近は取り憑《つ》かれたように良からぬことばかり考えているようだ。

今ではエミリアがアラミックの危ない計画を潰《つぶ》しまくっている始末。

「なんでこんなことに‼」

今も、アラミックが反体制組織を作るという計画をなんとか潰《つぶ》したところだった。

アラミックは不満をぶつけたが、カイル王子が王位に魅力を感じていないのに、そんな組織の旗印になるわけがない。

そんなことはエミリアにもわかることなのに、アラミックは血走った目で、さも素晴らしい案のように話すのだ。

もう半分くらい怖くてたまらない。許されるなら誰かに助けてもらいたいくらいだ。

更に実家の男爵家からも新たな発明の催促《さいそく》が毎日のように届く。もう面倒なので無視している。

塞ぎ込みそうな気持ちを持ち上げようと、エミリアは一人で明るく呟いた。

「でも、悪役令嬢の方は物語通りになったのよね！」

学校内に流れるアリシアに関する噂を思い出す。

アリシアが膨大な魔力の持ち主だとわかり、その力を暴走させて襲撃者に大怪我《おおけが》を負わせたのは周知の事実だ。そのことから、カイル王子はアリシアに脅《おど》されていたという噂が広まっている。

あとはカイル王子がアリシアとの婚約破棄を正式に宣言すれば、王位継承とエミリアとの恋愛パートとなるはずだ。

「でも、悪役令嬢があんなに魔力を持っているなんて……裏設定でもあったのかな？」

ここ最近、アリシアは部屋から出てこないようだし、カイル王子はそんなことは気にもならないみたいに普通に過ごしている。

その様子から彼がアリシアのいない生活を満喫していると、周囲は捉えていた。

「あと、ひと押しでカイル王子の方もなんとかなるのかなぁ。カイル王子が婚約破棄を言い出してるんだからもうすぐよね」

それにアラミックを抑えるのも、そろそろ限界だ。

「いい加減、私との恋愛も始まってくれないとつまらないわ」

確か物語でカイル王子がアリシアに不満を爆発させる場面は、無関係な生徒を叱責《しっせき》して学園を辞めさせたところだった。スペアにもならない王子といわれていた自分に無実の生徒を重ねて、奮起するというストーリーだったはず。

エミリアはなんとかその通りになるようにしなければと焦っていた。

物語通りになれば、おかしくなったアラミックも元に戻るかもしれない。

もしアラミックがこのまま傍若無人《ぼうじゃくぶじん》な振る舞いを続ければ、物語の追体験はできなくなり、自分の存在意義を見出せなくなってしまう。その時自分がどうなるのか見当もつかない。

はっきり言ってエミリア自身、なぜ自分がこの世界にいるのかよくわからないのだ。

前世ではちゃんと働いていたし、友人も沢山いた。ちょっと趣味に走ってライトノベルを読み漁《あさ》っていたがそれも余暇を利用してのことだ。エミリアは極々普通の女性だったはずなのだ。

それがいつの間にかここにいて、小説のヒロインになってしまった。

……悪い夢を見ているようだ。

それでも前世を思い出すまでは楽しく過ごしていた。慎《つつ》ましいながらも明るい男爵家で、使用人も一緒に楽しく過ごしていたのだ。

それなのにこの世界があの物語だと気付いてから、自分の人生を物語のヒロインに乗っ取られた感じさえする。

仲の良かった家族はバラバラになり、欲しくもない富は有り余るほどだ。幼馴染《おさななじみ》の友人はみんな媚《こ》びてくるようになり、自分が羨望と嫉妬《しっと》、嘲笑《ちょうしょう》を受けているのもわかっている。

それでも、エミリアはこの世界をあの物語通りにしなければ生きていけないと思っている。そのために自分は存在しているのだ、と。

物語を上手く進行できないヒロインは抹消されてしまうかもしれない。それは妄執と言ってもよかった。

もうかなり前世の物語とはズレが生じているが、なんとか元に戻そうとエミリアは考えに考えた。

前世も含めて、今までこんなに頭を使ったのは初めてかもしれない。

「私が今カイル王子に告白したらどうかしら？　まだ早いかな？　そうよねぇ。その前にもう一つカイル王子がエミリアと恋に落ちるようなイベントが必要よね」

カイルとエミリアが、恋する場面は色々用意されていたはずだ。

学校公開でアリシアがエミリアを退学させようとしたのを、カイル王子が助けたこともある。これはエミリアがカイルに恋する場面だった。

逆に、カイルがエミリアを好きになる場面もあったわ。

エミリアはいくつかの場面を思い出しながら、どれが一番効果的かを考えた。

しばらく考えた末、パンッと両手を打つ。

「そうだわ。晩餐会《ばんさんかい》があったじゃない！」

もちろん今のアリシアとは性格も環境も違うが、ストーリーの中にはいくつか悪役令嬢がやらかす場面があった。晩餐会《ばんさんかい》での事件も、その一つだ。

学期末の晩餐会《ばんさんかい》の席で、悪役令嬢は場違いなドレスを身につけて顰蹙《ひんしゅく》を買うのだ。

本来なら去年のイベントだが、アリシアがいなかったのだからしょうがない。

その晩餐会《ばんさんかい》で、自分より上質なドレスを身につけていた女生徒達を追い出し、それをカイルに諫《いさ》められ更に逆上した。怒ったアリシアはカイル王子に手を上げようとする。

その時エミリアが身を挺して庇《かば》うのだ。自分の代わりにアリシアに叩かれたエミリアに心を打たれ、カイル王子は恋に落ちる。

その後、悪役令嬢アリシアとカイル王子の距離は離れ、最終的にはアリシアは婚約破棄されて破滅する。

エミリアとの愛を手に入れたカイル王子は奮起し、一気に王位を目指すストーリーだ。

「うんうん、確かそんな感じだったわ！　素敵よね！」

前世の物語のように、怪我《けが》をした自分を助け起こすカイル王子を思い浮かべ、うっとりと頬に手を添える。

「でも、大怪我《おおけが》はしたくないわ。それにその前にアリシア様を怒らせないと駄目なのよねぇ。どうしようかなぁ」

そして、思いついたのがマチルダだった。

エミリアに張り付いて調査していたマチルダは、それでもエミリアを信じていたはずだ。

同じ男爵家の娘で上位貴族に対する対抗心もあるはずだし、アリシアにも近い人間だ。

そのマチルダがアリシアを裏切ったら？

エミリアの顔に笑みが浮かぶ。

「アリシア様は絶対に怒るわよね？　怒ったアリシア様をカイル王子が注意して、アリシア様がカイル王子に手を上げる……か。できるかな？」

エミリアの独り言に答える者はない。

まずは、マチルダにターゲットを絞って上手く操ろう。

マチルダがアリシアに嫌がらせをしたら、そう、一番嫌がることをしたらアリシアも怒るはず。

カイル王子を守るために自分が前に出る時に、マチルダにも一緒に来てもらおう。マチルダは剣の腕も立つから、もし必要以上に怪我《けが》しそうな時は助けてもらえばいい。

(それまでにマチルダと仲良くなっておかなくちゃ。大怪我《おおけが》したら嫌だものね。それにアリシアを怒らせることにも使えるなんて最高じゃない？)

きっかけはアリシアのドレスが場違いであることだから、その前に色々準備しなくてはいけない。

こちらは完璧な正装でアリシアと対峙することが必要なのだ。

マチルダは派手な顔立ちではないものの、美しい造形をしている。ドレスも似合うだろう。

それ程裕福な家ではないからドレスをエミリアが用意して、普段着られないような豪華なドレスをあげたら喜んで受け取るはずだ。

エミリアはブツブツと作戦を練る。

「あとは、事前にマチルダさんから晩餐会《ばんさんかい》の間違ったドレスコードをアリシア様に伝えてもらって、その上でアリシア様の格好をみんなで注意する感じかな。今はアリシア様に助言する人なんて誰もいないし、一人場違いな格好をしていたら恥ずかしいわよね。それで怒ったアリシア様が私達を罵《ののし》ってくれたらいい感じ」

場違いなドレスを着て周囲から浮くアリシアが、エミリア達に注意されて憤慨し、罵《ののし》る場面が見えるようだ。

「うん。凄くいい感じ！」

それで、アリシアがカイル王子に注意されて、彼に手を上げる。

「アリシア様が上手く動いてくれたらいいんだけど、ここにいるアリシア様は物語の彼女と全然違うから……保険を用意しておかないと失敗しそうだわ」

最悪アリシアが手を上げなくても、他の誰かがカイル王子を襲ってくれればエミリアが庇《かば》って怪我《けが》をすることはできる。

要はカイル王子がエミリアに恋すればいいのだ。

……あの男に頼むしかないのが癪《しゃく》だが、この際仕方がない。

上手く丸め込んで手配しよう。この作戦ならアラミックも賛成してくれる。

（もう面倒だしアラミックはあの男に任せてもいいわ。しばらくこの作戦に専念すれば暴走も止められるし、私からも離せるし一石二鳥よね）

エミリアは早速ある場所に連絡を取ると、あの男とアラミックを呼び出した。

「明日から晩餐会《ばんさんかい》に向けて忙しくなるわ。さあ、やっと物語が進みそうね！」

気分が良くなったエミリアは、昨日学校長から受け取った手紙を取り出して、もう一度読み返す。

その手紙には晩餐会《ばんさんかい》の前日に行われる『発明品発表会』について書かれている。

既に発明家として名が通っているエミリアに、審査員になってほしいというのだ。

「気分も良くなったし、審査員になってあげようかなぁ。一つくらい私もなにか出品してもいいわよね。なににしようかなぁっ」

誰もいない部屋にエミリアの笑い声が響いていた。

第四章　アラミック

～・～◆嫌われ者のアリシア◆～・～


「あっ、アリシア様だわ。よく授業なんて受けていられるわね」

「本当よ。カイル殿下を恐怖で縛り付けていたみたいね。婿《むこ》養子だからって酷すぎるわ」

「しかも、あれだけ優しくしてもらったのにナタリー様達のことまで無視しているらしいぞ。危うく騙《だま》されるところだったよ」

「見た目が可愛くても性格最悪とか最低だな」

私は、周りから聞こえる心無い声に涙をグッと堪えた。そして、顔を上げて堂々と胸を張り、更にいかにも忌々《いまいま》しげな表情を作る。

「ケイト、ここはなんだか空気が悪いわ！　は、離れるわよ！」

「はい、お嬢様」

私は部屋で練習した言葉を言い放つと、さっさとその場を離れる。

カイルから毎日学校内の様子を通信で教えてもらっていたが、こんなに批判されているとは思わなかった。自分で言い出したことだけれど、心が折れそうだ。

でもこの計画を止めることはできない。

部屋にしばらく閉じこもってはみたけれど、エミリアさんは特に行動を起こさなかった。いつも通り執行部に顔を出して笑っていたらしい。いつなにを仕掛けてくるかわからないため、予断を許さない状況が続いている。

私はケイトを連れていつものガゼボに向かう。

「アリシア」

カイルに通信を繋げると、早速彼の声が聞こえてきた。ケイトに防音の結界を張ってもらい、話し始める。

「カイル……」

「ん？　どうしたの？　アリシア？」

「……なんでもないの。カイルの声を聞いたら安心してしまって……。もう大丈夫よ」

「アリシア、こんな時に側にいられなくてごめんよ。辛かったらいつでも言ってほしい。元はと言えば僕が言い出した不仲作戦なんだ。アリシアが苦しむのなら今すぐにでも中止しよう」

「大丈夫よ。ただ、いつも一緒にいたのに会えないのが辛いだけなの。でも、話せて嬉しいわ」

「アリシア……今すぐ君を抱きしめたいよ！　大好きだよ。アリシア」

あまりに必死なカイルの声に、自然と頬に笑みが浮かぶ。

「ふふ、やっぱりカイルはカイルね。本当に会いたい」

「うん、僕もだよ。なんとかみんなにバレないように会う方法を考えるよ。待っててくれるかい？」

「ええ、ありがとう。それで今日はなにかあった？」

「ああ、実は昨日大変なことがわかったんだ」

そう言ってカイルは昨日の出来事を話し始めた。私達はこうして毎日お互いにあったことを話し合うことで、会えない寂しさを補っていた。

カイルによると、昨日になってようやく事態が動き始めたらしい。

「それで、ホースタイン公爵が手配してくれた騎士達が、二人の次回の密会場所を突き止めてくれたんだ」

「本当？　エミリアさんとアラミック様は毎回場所を変えているんでしょう？」

「ああ、本当に彼等は優秀だよ。たぶん近いうちに二人の密会現場を押さえられるはずだよ。でもなぁ……」

「どうしたの？　カイル？」

「二人の密会現場に乗り込んだところで、捕まえることはできない。ただ、話していただけだと言われたらそれまでだし、騎士を忍ばせて盗み聞きさせたとしても、証拠にはなり得ないからね」

「通信を使うのは？」

「それではこちらの声も聞こえてしまうから、すぐにバレるよ。なにかいい方法があるといいんだが……」

私はその時、ふとあるものを思い浮かべた。それはこの世界にはまだなく、前世の世界にあったもの。

……けど、このアイデアが現実となったらきっとエミリアさんが警戒するわ。

それでも、今必要なものはその機械しかない。私は顔を上げて、カイルにその案を話してみることにした。

「カイル、あの、一つ提案があるの。実現するかはわからないんだけど、前世にあった便利な機械……魔道具みたいなものなの」

「魔道具？　どんな？　教えてくれるかい？」

私がカイルに教えたのは監視カメラの機能だ。通信があるのだから、作れるのではと考えた。映像と音声が記録できれば証拠にもなるし、騎士を潜《ひそ》ませるような危険を犯さなくてもいいはずだ。

「なるほど、カメラと通信を組み合わせるのか……面白いね。確かにその……監視カメラ？　があれば凄く便利だ」

「でも、この発明がエミリアさんにバレてしまうと、警戒を強めるわ。私もあまり目立ちたくないし……」

「わかったよ。このアイデアは僕のものとしてマクスター先生に相談してみてもいいかな？　先生ならエミリアに気付かれずに、できるかできないかを判断してくれるだろう」

「そうしてくれる？　もし、監視カメラができたら私も一緒に聞いてもいいかしら？」

「もちろんだよ。じゃあ、早速マクスター先生に相談してくるよ」

そうして私はカイルとの通信を切った。

ドキドキと心臓が早鐘を打ち、自分がこの世界に新しいものをもたらしてしまったと自覚する。本来なら、この世界の人が創意工夫を凝《こ》らして考え出すべきものだ。

「エミリアさんもこんな気持ちなのかしら？」

ほんの少しだけ、エミリアさんの苦しい心内が理解できた気がした。


カイルとマクスター先生が、監視カメラの試作品を作ったのはそれからしばらく経ってからだった。

エミリアさんとアラミックさんは最近、同じ場所を密会に使っているようで、今が一番監視カメラを設置しやすいらしい。

早速密会場所にカメラを設置して、数日後。カイルからの呼び出しで、マクスター先生の教室に集まることになった。二人が今日、密会するという情報を掴《つか》んだらしい。

カイルは監視カメラ作りの相談と共に、マクスター先生に事情を話して必要な時に教室を貸してもらえるようにしてくれたのだ。

初めは渋っていた先生を、パパさんにお願いして説得してもらった。

これで、私達は補習の振りをして集まることができるようになった。

「マクスター先生、ありがとうございます」

教室に赴《おもむ》いた私は、早めにやってきたマクスター先生にお礼を言う。

「ああ、まあ、先輩のお願いは断れませんから……仕方がないです。それにカイル殿下が面白いアイデアを教えてくれたので、久しぶりに有意義な魔道具作りに集中できました。そのお礼です」

「よかったですわ。マクスター先生は魔法だけではなく、魔道具にもお詳しいんですね」

「そうですね。好きなんですよ。魔法も、魔道具も」

そんな話をしているとカイルとカーライルさん、エリックさんがやってきた。

「アリシア！　久しぶりだね！　毎日通信で話していても、直接会いたかったよ！」

カイルは教室に入ってきたと思ったら、私のことを思いっきり抱きしめた。

「カイル！　私も会えて嬉しいわ。嬉しいけど……少し苦しい」

「ああ、ごめんよ」

慌《あわ》てて離れたカイルの手を掴《つか》んで、私は自分の頬に押し当てる。

「でも、本当に会えて嬉しいわ」

「……アリシア」

「コホンッ。えー、そろそろ、いいかな？」

カーライルさんの声に、二人だけではなかったのだと思い出して、急いでカイルの手を離す。熱くなった顔を下に向けた。

「あの、申し訳ありません、カーライル様」

「まぁ、仲が良いのはいいことだ。な？　カーライル」

エリックさんのフォローに更に顔が熱くなる。

「それじゃあ、みんな集まったかな？　早速新発明の監視カメラを見てみましょう」

マクスター先生のワクワクした声を合図に、私達はそれぞれ席についた。

マクスター先生がなにか呪文のようなものを唱えると、周囲から音が聞こえ始めた。

「おおおお、動くカメラか？　凄いな！」

「音も聞こえる！　初めて見たよ！」

「凄いだろう？　マクスター先生に作ってもらったんだが、この動く写真と音は後で見直せるんだ」

「凄いな！　大発明じゃないか！　騎士団も絶対欲しがるぞ」

「あーーまだ、試作品ですので、このことはご内密にお願いします」

マクスター先生が話した時、ガチャリとドアが開く音が聞こえた。

「エミリアが入ってきたよ」

見えない私のためにカイルが状況を説明してくれる。

「あ、アラミックも来たね。やはり二人は共謀《きょうぼう》していたのか」

「ああ、そうだな」

全員、息を潜《ひそ》めて二人の会話に意識を向ける。その後、二人が発した台詞《せりふ》は驚くべき内容だった。

監視カメラが捉えたのはアラミックさんの妄言と、エミリアさんの独り言だった。

カイルによると、監視カメラの映像から見えた二人の様子はかなり殺伐《さつばつ》としたものだったらしい。

友人という雰囲気ではなく、ただ利害が一致している者同士のような印象を受けたとか。

その中でアラミックさんは反体制組織の設立を強く訴えて、その映像と音声はしっかりと記録されていた。これでアラミックさんとエミリアさんが、良からぬ関係であることがはっきりしてしまった。

まだ、捕らえるには証拠が足りないらしいが、彼がこの国でクーデターを企てていたなんて……

それでも、私は未だにアラミックさんの言動を信じられずにいた。チャリティーの時は親身になって協力してくれたのに。

「アラミック……」

私の気持ちを代弁するかのように、カーライルさんが悔しそうに呟く。

映像の中でエミリアさんは、アラミックさんを必死に制止し始めた。声からも焦った様子が伝わってくる。本当に止めているようだ。

「カイル、どうする?」

エリックさんが困ったように聞いた。

「そうだな……。アラミックがクーデターを企てていることが明確になった。残念だがな……。エミリアについては、クーデターを阻止したということで、褒賞の対象になる行動だ。ただ、勘の良いエミリアのことだ。監視カメラに気付いたのかもしれない。一応アラミックとエミリア、それぞれに監視を手配してくれ」

カイルは不満げにそう言った。

「わかった」

カーライルさんが返事をして部屋を出ていく。

「それよりエミリアはなにがしたいんだ？　王妃になりたいんじゃなかったのか？」

　エリックさんが不思議そうに呟く。

「確かにその通りですわ。もし、カイルを王位につけて自分が王妃になりたいのなら、今のアラミック様の案に賛成するはず」

　私もエミリアさんの言動に首を傾げる。彼女がなにをしたいのか全くわからない。

　アラミックさんの計画に乗らなかったところを見るに、カイルに王になってほしいわけではないのかもしれない。

　では、なぜ、私が邪魔なのだろう？

　なるべく早くエミリアさんが本当に転生者なのかを確認して、目的も聞き出さなければならない。

　アラミックさんが立ち去った後、エミリアさんは一人でブツブツと呟いていた。

　所々に『カイル』『アリシア』『マチルダ』『晩餐会《ばんさんかい》』、そして今度開催される『発明品発表会』という言葉が聞き取れた。

　この発表会は毎年晩餐会《ばんさんかい》の前に行われるもので、お題はその年毎に異なる。去年は剣術発表会で、その前は詩作発表会だった。そして、今年は発明家のエミリアさんを審査員に迎えての発明品発表会となった。

エミリアさんが、学期末にある発表会か晩餐会《ばんさんかい》でなにかしようとしていることはわかるが、それだけだ。

「なんだ？　よく聞こえないな……」

「ああ、やはり会話と違って独り言だと限界があるな」

カイルとエリックさんが悔しそうにしている。どうも私以外の人には、エミリアさんの独り言はよく聞こえないらしい。

「あの、私もよく聞こえないのですが、みなさんよりは聞こえていると思います。エミリアさんの独り言も単語だけですが少しわかりました」

「本当かい？　アリシア、教えてくれるかい？」

カイルに言われて、私はしっかりと頷いた。

「エミリアさんは発表会か晩餐会《ばんさんかい》で、なにかをしようと思っているようです。それに聞き間違いでなければマチルダさんの名前を何回か呟いています」

「なに⁉」

ふいに婚約者の名前が出て、エリックさんが立ち上がって叫んだ。

「エリック、落ち着け」

カイルがエリックさんを宥《なだ》める。

「他に聞き取れたことは?」

私は顔を少し上に向けて思い出しながら答える。

「あとは、あの男とか怪我《けが》とか……」

カイルが席に戻ると、一旦沈黙してから厳しい声で指示を出す。

「怪我《けが》か……。あまりいい話ではなさそうだな。エリックはマチルダ嬢の身辺に目を光らせてくれ。エミリアから接触があるかもしれない」

「わかった! アリシア嬢がいてくれてよかったな。あの独り言は俺には聞き取れなかった。それじゃあ、早速マチルダの様子を見てくる」

そう言ってエリックさんは慌《あわ》てたように走り去った。

「アリシア、他に気にかかることは?」

「そうね。やっぱりマチルダさんの名前が出てきたのが気になるわ。もしマチルダさんを巻き込むつもりなら、私もなにかしないと……」

「アリシア、あまり危ないことはやめてほしい」

「でも、マチルダさんは私の大事なお友達だもの! エミリアさんがどの程度マチルダさんを巻き込むつもりかわからないし、その時のマチルダさんの反応も気になるの」

「そのことはエリックが対応するよ。なんと言ってもマチルダ嬢はエリックの婚約者だ。

絶対に怪我《けが》なんかさせないよ」

　カイルはそう言うが、エリックさん曰く、マチルダさんはエミリアさんに心酔しているという話だ。心配でたまらない。

「ねぇ、カイル。私これからは授業にちゃんと出ようと思うの」

「突然どうしたんだい？　もしエミリアがなにかしてきても、僕が近くにいられないから心配だよ」

「それでも、私が授業に参加したら、エミリアさんの目がマチルダさんじゃなくて私に向けられるかもしれないじゃない？」

「アリシア、君は更に囮《おとり》になるのか？　もう十分だよ」

「それでも、私が部屋にいることが原因でマチルダさんが狙われるのなら、私は自分が許せないの」

　カイルはかなりの時間黙ったままだったが、私がじっと待っていると、ため息をこぼした。

「わかったよ。でも、いつもより護衛は近くに置いてほしい」

「ええ」

　そうして、私はカイルと相談して授業に出席することにした。

それから私達は怪しまれないよう、別々にマクスター先生の教室を後にした。

私はふと立ち止まり、周りの気配を探る。ケイト以外には誰もいない……

「辛いわね。カイルとも一緒にはいられないし……」

自分から授業に出るとは言ったものの、既に泣きそうだ。

私を悪く言う声の中には、ついこの間まで目が見えない私のためにノートを書いてくれた人もいた。その事実が更に気持ちを沈ませる。

私はハァと息を吐いて、肩を落とすしかなかった。


数日後、私は再びマクスター先生の教室にいた。

「――アリシア？　聞こえるかい」

机の上に置いた通信機の向こうから、カイルの声が聞こえてきた。

「聞こえるわ」

「マクスター先生、見えますか？」

「はい、カイル殿下。映像も音声も問題ありません。記録を始めますか？」

「いえ、アラミックが現れてからでお願いします」

「わかりました」

「おい、カイル。誰か来る。早く隠れろ」

エリックさんの焦った声と共に、通信がプツリと切れる。

監視カメラの設置状況をカイルと通信で確認していたが、今は監視カメラの音声のみが聞こえてくる。

実は今からアラミックさんが、カイル達が潜《ひそ》んでいる裏庭で誰かと密会するらしい。

相手がエミリアさんなら学校内の空き教室を使うのに、今日に限っては裏庭で会うという情報が手に入ったのだ。私達は不審に思い、新たにカメラを設置して、カイル、エリックさん、カーライルさんが護衛達と現場を押さえることになった。

もう夜も更《ふ》けて、辺りは静まり返っている。すると、数名の話し声が近づいてきた。どうやら裏庭に設置されているベンチに向かっているようだ。

「アリシア嬢、これからは私が映像を説明しましょう」

私が真剣に耳を傾けていると、マクスター先生がカメラに映る映像についてリアルタイムで説明してくれる。

「ありがとうございます」

「あ、映像でもアラミック君が見えましたよ。ん、誰だ。あの男は？」

険しい声でマクスター先生が囁いた後、アラミックさんの声と共に、もう一人、男性の声がはっきりと聞こえた。

「……だから、どういうことだ？　私は反体制組織を作るのだぞ。そして、カイルを王とするのだ」

「ええ⁉　聞いていた話と随分違いますよ」

「お前がなにを聞いたのか知らんが、私の策に従うのだ！」

「そう言われましても、流石《さすが》にそんな組織はあっしらには荷が重すぎますや」

「なにを言っている！　お前達はそのために集められたのだろう？　私の好きにしていいと言われているぞ！」

「ただの襲撃や暗殺くらいなら、構わないんですがね。そんな大それたことはできませんよ」

「なにを今更！　お前達は私の手足となって、今の王と王太子を王位から引きずり下ろすのだ！　カイルが王位を継げば、この国は上手くいくんだぞ」

「旦那、確かにあっしらは悪党ですがね。国が壊れたら困るんですよ。それに、ここは嫌な感じがしますしね。もう帰らせてもらいやす」

「ま、待て！」

その時、カイルの声が響いた。

「待つのはお前だ！　アラミック！」

「くそっ、ハメやがったな！　オイ！　逃げるぞ」

男の声が聞こえた後、バタバタと何人かの足音がけたたましく響く。逃げ出したようだ。

「……カイル。どうしてここに……」

アラミックさんの呆然とした声と、エリックさんやカーライルさんが男達を捕らえる声がカメラの向こうから聞こえてくる。

しばらくすると、全員を捕らえたエリックさんやカーライルさんもベンチに戻ってきたようだ。

「アラミック！　お前は自分がなにをしているのかわかっているのか！」

カイルが鋭《するど》く叫ぶ。

「私はカイル、お前を王にしてやろうとしているんだぞ。お前には能力がある！　王位を狙えるんだ！　王になって共に歩もうぞ！」

アラミックさんの自信満々の声が虚《むな》しく響く。

「アラミック……。僕は王位など欲しくない」

興奮した様子のアラミックさんとは対照的に、カイルの落ち着いた声がその場の不安定さを感じさせる。

「なんだと！　王になりたくない王子などいるはずがない！　お前だってそうだろう、カイル？　ああ、あの婚約者のためか？　女なんて代わりはいくらでもいるぞ」

尚も言い募るアラミックさんに、カイルは声を荒らげる。

「黙れ！　アラミック！　お前はなにを焦っているんだ？　僕は王になれないんじゃない。なりたくないいんだ。父上や兄上を支え、今のこの治世を守りたいだけなんだ」

「そんな……」

「アラミック、よく聞け！　お前はこの国でクーデターを企てたんだぞ！　ここはお前の国じゃない。他国の王と王太子を倒す企てをしているんだ！　それがどういうことかを考えろ！」

「お前がそんな腑《ふ》抜《ぬ》けたことを言っているから、私がお膳《ぜん》立《だ》てしてやったんだ!!!」

「アラミック！」

エリックさんとカーライルさんの叫びに重なるように、スチャッという金属音が聞こえてきた。

「……剣を……」

マクスター先生が驚いた様子で呟き、アラミックさんが剣を抜いてカイルに襲いかかったことがわかった。ガキン、ガキンと剣と剣がぶつかる音が聞こえ、私は首を竦《すく》める。

「……先生、カイルは？」

「大丈夫ですよ。カイル殿下はお強い」

スザッとなにかが倒れる音と同時に、アラミックさんの怒鳴り声が響く。

「離せっ、カイル！　私はお前のために!!」

「違う！　アラミック！　お前は僕のためなんかじゃない！　お前は自分の欲しい未来を僕に重ねただけだ！　僕はお前に言ったか？　王になりたいと！　父上や兄上が邪魔だと！　一度でもそう言ったことがあるか!?」

初めて聞いたカイルの怒鳴り声だった。

「…………」

「アラミック、冷静になれ。僕の知っているアラミックは多少言動は軽いが、いい奴だった。冗談も言い合うし、馬鹿みたいに笑った。今のお前が本当のアラミックなのか？　僕が友人になったのは今のお前ではない！」

「ゆう……じん？」

「そうだ！　共に執行部を作ったじゃないか！　アリシアのチャリティーに協力してくれただろうが！　お前は今なにをしている？　反体制組織？　そんなものは誰も必要としていないぞ」

「そ、そんなはずは、カイル、お前だって王位を夢見たことはあるだろう？　この国を思い通りに――」

『バキッ』

カメラの向こうから響く鈍い音で、カイルがアラミックさんを殴ったのがわかる。

「黙れ！　アラミック・バークレー、お前は王族だろう！　国を乱すことが王族のすることか？　国の安寧こそが我々の使命。……お前を捕縛する。罪はわかっているだろう？」

「……」

「アラミック……。オイ！　この男を捕らえよ」

カイルの苦悩の声に私は胸を押さえる。

カイルの声が……泣いている。あんな声はカイルには似合わない。

カイルのことを考え、私の瞳からは止めどなく涙が伝う。

その後、アラミックさんは護衛の騎士に捕らえられ、一言も話さず連行された。

彼がなにを感じ、なにを考えるのか……私にはわからなかった。

そうして、アラミックさんは学校を去った。

「あれ？　カイルは？」

エリックさんとカーライルさんが、マクスター先生の教室に戻ってきた。エリックさんの不思議そうな声が聞こえる。

「カイルは一緒ではないのですか？」

「カイルは、私達がアラミックの身柄を騎士に渡している間に帰ったはずだが……」

エリックさんとカーライルさんは、お互いに確認するようにその時の状況を説明してくれた。それを聞いたマクスター先生が二人に答える。

「うーん、誰も来ませんでしたよ。私はアリシア嬢とずっとここにいましたし……」

「まさか、まだ仲間が潜《ひそ》んでいたんじゃ！　捜しに行くぞ！　カーライル！」

「ああ、わかった！」

慌《あわ》てて出ていこうとした二人に、私は思い切って声をかける。

「あの！　お待ちください」

「なにか？　カイルを捜しに行かないと！」

「……私に心当たりがありますの」

「え？」

「ケイト、ガゼボに連れていって」

「かしこまりました。アリシアお嬢様」

差し出した手を、ケイトがしっかりと掴《つか》んで歩き出す。私達の後ろから、半信半疑という雰囲気を漂わせたエリックさんとカーライルさんがついてくる。

それでも、私は確信していた。

カイルは絶対に一人になれる場所にいる。

アラミックさんと話した時のカイルの声には、悲しみが、落胆が、怒りがあった。優しく、いつも人のことを第一に考えている彼は、絶対一人で誰にも見せず、気付かれず、声も出さずに泣いている。

彼はそういう人なのだ。

「——アリシアお嬢様、カイル殿下がいらっしゃいます」

ケイトの声に「やっぱり」と囁く。

「カ……」

「待て！」

カイルの名を呼ぼうとしたエリックさんを、カーライルさんが押し留める。

「アリシア嬢、ここは貴女が行くべきだ。我等はここにいます。カイルを、我等の友をよろしくお願いします」

いつもの茶化すような雰囲気は一切出さずに、カーライルさんが私の手をギュッと握《にぎ》って、その額を祈るように押し付けた。

「はい、カーライル様。ありがとうございます」

私は笑みを浮かべて、しっかりとその手を握《にぎ》り返す。そして、通い慣れた庭園にケイトと共に足を踏み入れた。


「……カイル」

私はガゼボの前でケイトから手を離し、テーブルを伝ってカイルの腕に触れた。いつもならすぐに私の手を取ってくれる彼が、少し体を離すようにビクッと震える。

「カイル、逃げないで……」

私はそのままカイルの隣に腰を下ろし、彼の頬に手を添える。

少し濡れた頬に、心臓がキュッと引き絞られるように痛んだ。

カイルはいつも側で私を励《はげ》まし、助け、愛してくれた。一方で、彼は泣く時はいつも一人で泣く。そして、翌朝にはみんなを笑顔で引っ張るのだ。

……もうそんなことを彼にさせたくなかった。

私はなにも言わず、慈しむようにカイルの広い肩に腕を回した。

「……アラミックを友だと思っていたんだ」

「うん」

ポツリと呟いたカイルに、私は静かに答える。

「……僕はアラミックを止めることはできなかったのだろうか？　僕という存在が近くにいなければ、アラミックはあんなことは考えなかったのだろうか？」

そう問うカイルの声は、か細く震えている。私はただ彼の肩を優しく抱きしめる。

するとカイルは体を反転し、すがるように私の膝に突っ伏した。

サラサラと滑らかなカイルの髪が手にかかる。私はそれを切ない愛しさと共に、ゆっくりと撫《な》でる。

「僕さえいなければ……」

「アラミック様の気持ちはわからないわ。でもカイル、私は貴方がいつも周りの人達を大切にしていることを知ってるわ。そして、貴方が自分を責めていることも。でも同時に、それでも正しいと思うことを実行できる強さを持ってると知っているの」

「アリシア……」

カイルが頭を持ち上げ、私の名を呟いた。その声には言葉にできない感情が込められている。

「なにがあっても私はいつでも貴方の側にいるわ」

「……ありがとう、アリシア。でも、僕が強いんじゃない。いつも君がこうやって僕を強くしてくれるんだよ」

そう囁いたカイルの声は、宵闇《よいやみ》の中に優しく溶けていった。夜の風が私達をひんやりと包み込む。

「くっしゅん」

私が思わずくしゃみをすると、カイルが慌《あわ》てて起き上がった。

「アリシア！　ごめん、大丈夫かい？　風邪をひいてしまったんじゃ……」

「大丈夫よ。貴方は……大丈夫？」

「あ、ああ。もう大丈夫だ。情けないところを見せてしまったね」

「いいの、いつも私がしてもらっていることだもの」

カイルは私の手を引いて、今度はその広い胸に私を抱きしめた。

「……アラミックのことは本当に友だと思っていたんだ。エミリアと話している映像を見た時も信じられなかった。いや、今日あの現場を直接見るまで信じてなかった。……ただ、僕には譲《ゆず》れないものがある。優先すべきものがある。僕個人としても、この国の王子としても。それは変えられないんだ」

「そうね」

「僕は今でもアラミックを捕らえたことを後悔している。でも、また同じことが起こったら、この国を、父上や兄上を、そして、君を守るためにアラミックを捕らえるよ。それだけは変わらない。変えられないとわかった」

カイルの腕が、より一層強く私の体を抱きしめる。

「アリシア、僕は弱い人間なんだ。でも、君がいてくれるから強くなれる。正しくあれる」

そして、カイルは私の顎《あご》を少し上げるとそっとキスを落とした。

優しく、慰《なぐさ》めを求めるような口づけだった。

「カイル、私はなにもできないし、いつも迷惑ばかりかけてしまうわ。でも、絶対になにがあっても隣にいる。だからもう今日のように一人で泣かないで。私がいるわ」

「……君にはいつも敵わないな」

カイルは小さく笑った。彼の肩からやっと力が抜けた。

「さあ、夜風で体が冷えてしまったね。戻ろう」

「ええ、みんなカイルを待っているわ」

私達はしっかりと手を繋ぎ、ガゼボを後にした。

庭園の入口ではエリックさんとカーライルさんが待ち構えていて、カイルの背をバシバシと叩く。

「心配したぞ！」

「護衛も連れずにいなくなるなど、王子としての自覚が足りないよ」

そう言いながらも二人の声は少し詰まり、そして安堵《あんど》していることが伝わってきた。

――ほら、カイルの周りにはこんなにもいい友達がいるわ。

私は心の中でカイルに語りかける。

カイルは確かにみんなのリーダーなのだろう。でも、それはなりたくてなるものでも、無理やりやらされるものでもない。カイルの周りには自然と人が集まり、彼のためになにかしたいと思わせるものがある。私は今夜の出来事でそれを強く感じた。

そして、長い一日は終わったのだった。

次の日、パパさんから連絡があり、監視カメラの映像を証拠に、隣国との交渉を行うことになった。

パパさんが言うには、アラミックさんはあれから一言も話さないらしい。

一緒に捕らえられた男達も、誰かを襲う計画があるとしか聞いておらず、依頼主もわからないということだ。本来ならもう一人来るはずだったらしいが、誰なのかは知らないらしい。

結局はエミリアさんとの繋がりもわからず、ただアラミックさんだけが捕まり、私達はどこかスッキリしない日々を過ごすしかなかった。

アラミックさんだけが欠けた日常の中、私は教室から寮へと続く廊下を歩いていた。

相変わらず私はみんなから恐れられ、誰も話しかけてこない。

エミリアさんも最近は大人しくしているのか平和な日々が続いている。

それでも私は、エミリアさんを見かけるたびに声をかけるようにしている。エミリアさんの目的や、転生の有無を確認したい気持ちは変わらないからだ。

ただ、声をかけるたびに逃げられてしまう。

その時、遠くからエミリアさんの声が聞こえてきた。私は立ち止まり、私の手を引くケイトに確認する。

「ケイト、エミリアさんが見える？」

「えっと……。はい、かなり遠いですがいらっしゃいます」

「連れていって頂戴。エミリアさんに確認したいことがあるの」

彼女が転生者かどうかを確認したい。そして、もし私も転生者だと知れば、きっと心を開いて今の状況や目的を教えてくれるのではないかと思う。

「はい、わかりました」

ケイトに手を引かれて、数人の気配がする方に向かう。

「まぁエミリア様、素晴らしいですわ」

「こんな魔道具は見たことがありませんわ。やはりエミリア様のご発明？」

「ええ、そうなの。今度の発明品発表会に出品しようと思って考えてみたのよ。可愛いかしら？」

「可愛いですわ！　これが商品化されたら私、絶対購入させていただきます」

「私も！」

「――っ！　シッ！　皆様、アリシア様がこちらにいらっしゃるわ」

「エミリア様、お逃げください。きっとエミリア様の発明を偵察しに来たんですわ！」

「そうかもしれません。最近のアリシア様はかなり傲慢《ごうまん》な態度らしいもの。さあ、ここは私達に任せてエミリア様はあちらに！」

「……わかったわ。ありがとう。でも、気をつけてね。アリシア様はあの魔力だもの。みなさんが怪我《けが》をしないか心配だわ」

「本当に恐ろしい方ですわ。カイル殿下のことも魔力で押さえつけていらしたんですって」

「嫌ね。私達も逃げましょうよ」

「ええ、みんなで一緒に逃げれば大丈夫よ」

私に聞こえているとは思っていないのか、エミリアさん達は何気ないふうを装って、その場からいなくなってしまった。

この時ばかりは無駄に良い耳が恨《うら》めしい。これではエミリアさんと話すどころか、近づくことさえできそうにない。

「一体どうすればいいのかしら？」

私はその場で悄然《しょうぜん》と立ち尽くし、大きく息を吐いた。

その後、肩を落とした私がケイトに連れられてきたのはカイルと何度も来ているガゼボだ。

ケイトは私を座らせるとお茶の用意をして、私にカップとお菓子の場所を説明して背後に下がった。

そうなのだ。ケイトはあくまでも使用人なので、こういう時に一緒にお茶すらできない。カイルもいない、ナタリーさん達には疎遠になってもらった。

今の私にはエミリアさんのことを相談する相手も、一緒にお茶を楽しむ相手も存在しない。

そのことが、一番悲しかった。

第五章　エミリアの策略

～・～♣カイルとナタリー♣～・～


「そうか。エミリアはマチルダ嬢を抱え込む気なのか？」

カイルはたった今、エリックからある報告を受けていた。

アラミック捕縛後、彼には今まで通りエミリアの周辺を調べてもらっていた。それが、今日になって慌《あわ》てて報告にやってきたのだ。

エリックが言うには、エミリアが彼の婚約者であるマチルダ嬢を呼び出したらしい。

「あぁ、たぶんな。声は遠くて聞こえなかったが、二人の様子からエミリアがマチルダを仲間に引き入れようとしているように見えた」

いつになくイライラしたエリックに、カイルは眉を上げてその名を呼ぶ。

「エリック？」

「俺のマチルダをな！」

そう言って、エリックは目の前のテーブルをバシンと叩いて立ち上がった。

「おい。エリック、大丈夫か？」

「ああ、大丈夫だよ！　冷静だ！　だが、只でさえマチルダは自ら危険に飛び込んでいく奴なんだ。折角《せっかく》アリシア嬢が危険から遠ざけてくれたのに、よくも巻き込んでくれたな！　ふざけんな！」

エリックの怒りに、カイルは面食らった。

「はあ、もう手遅れかもしれない。……どうするんだ？　マチルダはもう止まらないぞ。俺に守り切れるのか？」

彼は頭を抱えて腰を下ろした。

「エリック。その、今後のことなんだが、マチルダ嬢には状況を話した方がいいと思うか？」

エリックはカイルの言葉に顔を上げて答える。

「その方がいいとは思うが、今カイルがマチルダと会うのはまずくないか？　エミリアがどの程度こちらを警戒しているかわからないんだぞ」

「まぁな」

その時、護衛の騎士が近寄ってきて、カイルに面会を希望する者がいると伝えに来た。

聞けば、アリシアが仲良くしていたサラマナカ侯爵家のナタリーが会いに来たらしい。

カイルはすぐにお連れするようにと話すと、エリックと顔を見合わせた。

マチルダとナタリーは親友と言ってもいい関係だ。きっとなにかある。二人は真剣な表情で頷き合った。


カイルの目の前には学者家系で有名なサラマナカ侯爵家の令嬢、ナタリーが緊張の面持ちで座っている。

「ナタリー嬢、今日はどんな御用でしょうか?」

カイルは完璧な王子然とした態度でナタリーに話しかける。

ナタリーがどの立場でこの場に来ているのかを計り兼ねていたからだ。

アリシアと友人になったことは知っているし、マチルダと仲が良いのも知っている。

だが、今回の作戦である、アリシアを囮《おとり》にしてエミリアを罠《わな》に嵌《は》めようとしていることまでは知らないはずだ。

それならば、カイルは噂通り、アリシアに恐怖を抱いているような態度で接しなければならない。カイルはナタリーの次の言葉を待った。

「突然お訪ねして申し訳ございません。カイル殿下に相談したいことがございますの」

「それは光栄ですね。ナタリー嬢。して、その相談とはなんでしょう？」

「その、マチルダさんのことなのです」

「マチルダ嬢ですか？　エリックの婚約者の？」

「そうなんです。あの……エミリアさ――」

「失礼、ナタリー嬢。その前に一つお聞きしてよろしいですか？」

カイルは敢《あ》えてナタリーの言葉を遮《さえぎ》った。

「はい？」

「ナタリー嬢、貴女はアリシアの友人ですか？」

「え？　はい？」

「それは今も変わらずですか？」

ナタリーはカイルの質問に一瞬不思議そうな顔をしたが、すぐにピンときたらしく、彼女は笑顔で頷いた。

「はい！　アリシア様は今までも、これからもずっとお友達です。私達の大切な！」

嘘偽りのない、彼女の心からの言葉だ。

それを聞くとカイルは後ろに立っていたエリックに頷き、三人を覆《おお》うように防音結界を張った。

「ナタリー嬢、試すようなことをして申し訳ありません。今は誰が敵で誰が味方かわからないのです」

「はい。そうですわよね。あの噂を信じていたら、確かにアリシア様と友人でいるのは難しいですもの」

ナタリーはカイルに向かってふふふっと笑った。それを見て、カイルは不思議に思う。

「でも、ナタリー嬢、貴女はなぜ信じなかったんですか？」

すると、ナタリーは手を胸に当てて真っ直ぐに前を向いた。

「今まで誰よりもお優しかったアリシア様が、突然冷たく私達を遠ざけたのです。私とサマンサさん、マチルダさん、イザベラさんの四人は、アリシア様に考えがあって、敢《あ》えてそうなさっているのだと思っています。それにはもちろん、カイル殿下もご協力なさっているはず」

カイルはナタリーの自信を持った瞳を見て、目を瞠《みは》った。そして、笑みを浮かべ、頷く。

「アリシアは素晴らしい友人を持っているのですね」

「そんなことはございません。実際、今も半信半疑なところもあります……ですが、みんなでアリシア様を、私達が接していたアリシア様を信じようと決めただけなのです」

「では、ナタリー嬢方は今後も、アリシアの味方でいてくれるということですか？」

「もちろんです。今はアリシア様のご希望に沿って疎遠でおりますが、それは決してアリシア様を疑っているからではございません」

ナタリーは胸を張って言い切った。それを見てカイルはもう一度深く頷いた。

カイルは肩に入っていた力を抜くと、少しくだけた口調で話し出す。

「ありがとう、ナタリー嬢。では、もう一度貴女の相談についてお聞きしてもよろしいかな？」

「はい。カイル殿下」

そうしてナタリーは今までの全てを話した。四人で噂を検証したこと、アリシアから近づかないよう言われたこと、マチルダがエミリアに仲間になるよう誘われたこと。

「それで……」

ナタリーはチラリとカイルの後ろに立つエリックを見て、意を決したように言った。

「マチルダさんが潜入捜査をすると言って、エミリアさんのお誘いを受けてしまったんです」

途端、エリックの「クソッ」という呟きが聞こえた。

カイルはエリックの方に手を上げて制すると、ナタリーに向き直った。

「ナタリー嬢、貴重な情報をありがとう。それで貴女が僕に求めるものは？」

ナタリーはカイルの顔を真っ直ぐに見つめて、ある願いを口にした。

「カイル殿下、私はアリシア様に危険から遠ざかるよう言われましたの。でも、マチルダさんのお話を聞いて、折角《せっかく》エミリアさんの内情を調査できる機会を失ってしまうのはもったいないとも思うのです」

「うん」

「カイル殿下、そしてエリック様。私はマチルダさんの勇気ある行動を許していただきたいのです。アリシア様のためになにかをしたいのは、私達四人の願いでもあります。ですが、マチルダさんを危険に晒《さら》すわけにも参りません。お二人にはマチルダさんの安全を確保し、一緒に考え、協力していただきたいのです」

ナタリーの瞳には、強い決意が浮かんでいる。

アリシアはなんて素晴らしい友人を得たのか。カイルは感動を覚えた。

短い時間の中でも信頼関係を築き、こんな状況でさえ自分達にできることを考え、足りない部分は素直に協力を求める。それはなかなかできることではない。

カイルは力強く頷いてナタリーに約束する。

「ナタリー嬢、貴女方の願いを最大限に叶えるよう全力を尽くしましょう。アリシアに貴女方のような友人がいることを感謝します」

そう言って立ち上がると、ナタリーに深々と頭を下げる。

ナタリーは、まさか王族が頭を下げるとは思わなかったので、慌《あわ》てて立ち上がり淑女の礼をとった。

「とんでもございません。カイル殿下。私達こそアリシア様とお友達になれて光栄に思っております」

そうしてナタリー達とカイルの間に協力体制が作られた。

カイルとエリックは楚々《そそ》として立ち去るナタリーを見送り、安堵《あんど》のため息を吐いた。

「まぁ、マチルダ嬢の暴走は止められなかったが、状況がわかってよかったじゃないか？」

エリックはカイルの言葉に顔を顰《しか》めた。

「だから言っただろう？　あいつは危険の中に平気で飛び込むんだよ。俺は気が気じゃないんだぞ。この計画をマチルダに話さなかったのが裏目に出たな。まさか潜入捜査を思いつくとはな」

エリックの顔に後悔が浮かんでいたが、マチルダがこちら側についてくれるのなら、これほど心強いことはなかった。

「どうもアリシアの周りには元気な令嬢が多いようだな。とにかくマチルダ嬢がこちら側についてくれたんだ。そこを踏まえて作戦を立て直そう」

「ああ、わかった」

カイルとエリックはマチルダの安全を確保しつつ、エミリアの動きをいち早く把握《はあく》するために動き出した。


〜・〜◆アリシアの仲間◆〜・〜


私はカイルとの通信を終えて、ソファに深く座り直した。

「ナタリー様達は、私のことを信じてくださったのね」

最後に話してから学校でも距離を取っていたナタリーさん達が、私をどう思っているのかわからなかった。

でも、今通信でカイルから伝えられたことは、彼女達は私を信じてくれていたし、更に協力してくれるということだった。それが嬉しくもあり、同時に心配でもある。

そして、素晴らしい友人達を危険に巻き込もうとしているエミリアさんに、フツフツと怒りが湧いてくる。

エミリアさんは一体なにがしたいんだろう。

前世の知識を活かして成功を手に入れたいのかと思ったら、そこまでは考えていないようだし、王妃を狙っているのかと思ったらアラミックさんには全然興味がないようだ。

だからといってカイルの気を引いているわけでもない。

でも、ターゲットが私ということだけは間違いない。

……なぜ私なのかしら？

私が彼女と同じ転生者でも別に彼女になんの害もないし、目も見えないし、ライバルでもないのに。

もし、私がエミリアさんだったら、懐かしい前世の話をして、お互い励《はげ》まし合って終わりだ。

「エミリアさんは私に、なにをさせたいのだろう？」

それが一番の問題だった。


「――よし、これで全員揃ったかな？」

カイルの声が、マクスター先生の教室の教壇の方から聞こえてきた。今日は今までバラバラに調査していた協力者が集まって、情報を共有する合同会議が初めて開かれる。

エミリアさんに疑われないように、それぞれ時間をずらしてやってきたので、早い人は既に二時間も待っている。私は一番にやってきて、みんなが集まるまで魔法の練習をしていた。

カイルの声に、それぞれバラバラに過ごしていた協力者達が席につく。集まったメンバーはマクスター先生、エリックさん、カーライルさん、ナタリーさん、イザベラさん、サマンサさん、マチルダさん、そしてカイルと私の九人だ。

マクスター先生はパパさんから頼まれ、正式に場所の提供とパパさん達への報告を受け持ってくれることになった。

ミハイルさんについては、まだ仲間かどうか判断できないということで今日は呼ばなかったようだ。エリックさんが調査しているが、なんと言っても商人に通じている。慎重にならざるを得ない。

ザワザワとする中、カイルの声が響く。

「みんな、今日は集まってくれてありがとう。この会議の目的は今この学校内で不穏な動きをしているエミリア・フレトケヒトについて話し合うことだ。個々によって情報に差があるだろう。これからみんなで全ての情報を共有しようと思う」

すると、それぞれが同意を示す。

「まずは、マクスター先生、この教室に防音結界をお願いします」

「はい、わかりました」

「「「「凄い（ですわ）」」」」

教室全体が結界に包まれたようだ。みんなから驚愕の声があがる。

この大きさの教室に結界を張るのはかなり難しいらしい。

「いや～。みんな、このことは広めないでくださいね。私は忙しくなるのは嫌なんですよ。今回の件だって先輩に脅《おど》され、おっと、頼まれなかったら首を突っ込んでいなかったんですよ」

マクスター先生のおどけた態度に少し場の雰囲気が和《なご》んだ。

「それでは、まずは僕が一番状況を把握《はあく》しているから聞いてもらえるかな。その後、各々わかっていることを話してもらえるかい？」

そうして、カイルはエミリアさんについて話し出した。

学校での出会いから今までの全てを話す。もちろん私が転生者である部分は省いてくれたが、それでもエミリアさんの言動には矛盾点がいくつもある。

カイルに協力したり、私と仲良くしたり、私を貶《おとし》めたり、アラミックさんを仲間にしたり、アラミックさんを止めたりと行動に一貫性がない。

「これがエミリアの言動に関する内容だ。この合間に僕達がエミリアやアラミックの調査を行った。僕を談話室で襲ってきた者達についてや王都に噂を流した犯人について、なによりアリシアを襲った犯人、そして、アラミックの企《たくら》みなど、証拠や確証がないものもあるが、全てにエミリアが絡んでいる可能性もある」

「カイル、質問なんだが、エミリアはなにがしたいんだ？　初めはアリシア嬢を排除してカイルの婚約者にでもなりたいのかと思ったが、それならなぜアラミックと行動を共にしていたんだ？」

エリックさんが不思議そうに発言する。

「ああ、その辺りはカーライルから説明してもらえるかい？」

「わかった。これは内密にしてもらいたいんだが、エミリア個人の目的は『王妃になること』ではないかと疑っていたんだ」

「「「王妃に？」」」

カーライルさんの一言で騒然とした一同は、カイルの次の発言で更に驚く。

「ああ、僕も驚いたんだがエミリアが自ら進んで接触した人間は、アリシアを除くと僕とアラミックだけなんだ。他のメンバーとはなりゆきで繋がりを持っている。そして、僕もアラミックも王子だ」

「え？　アラミック様が？」

ナタリーさんが不思議そうに呟いた。

「ああ、アラミックは実は隣国の第二王子なんだ。これはもちろん機密情報だ」

「「「えっ⁉」」」

周りがガヤガヤと驚きの声をあげる。

「みんな、聞いてくれ。まあ、そういうわけでエミリアはなんとかして僕を王位につけて、自分が王妃になろうと画策しているのではないかと思っていた。それなのに、彼女がアラミックの妄言というか、反体制組織を作ることには強く反対したんだ。それで王位簒奪《さんだつ》が目的とは言えなくなってしまって……。もしアラミックに協力していれば国家転覆罪で罪に問えたんだけどね。実際アラミックは他国でクーデターを企てたということで、今隣国と協議している」

カイルが話し終わるとカーライルさんが続いた。

「初めはカイルを推していたが、彼が王位に興味がないとわかったら隣国の王子であるアラミックと仲良くなって王妃の座を狙ったのだとも受け取れるが、今のエミリアはアラミックなどいなかったかのように過ごしているからね」

カーライルさんはそこで一旦言葉を区切る。その後、エリックさんが今の状況を付け足した。

「アラミックは今、王宮で監視されている。騎士団の者によると茫然《ぼうぜん》自失という状態らしい。もちろんエミリアからの面会願いや差し入れなどは皆無だ」

　続いて再びカイルの声が響いた。

「アラミックは黙秘を続けているし、一緒に捕らえた男達はなにも聞いていないらしくそちらの線では手詰まりだ。それでエミリアを監視カメラで警戒していたら、今度は学校の発表会や晩餐会《ばんさんかい》の話ばかりだからな。かなりスケールが小さいだろう？　アラミックを絡めた二つの国を揺るがす王位継承問題と、マチルダ嬢を誘った学校内のイベントを同レベルでしているんだ」

「あの……監視カメラとはどういうものなのですか？」

　サマンサさんが素直に質問した。

「僕のアイデアなのだが、通信を応用すれば映像も遠隔から見られるのではないかと思ってね。ここにいるマクスター先生に作ってもらったんだ。マクスター先生特製の監視カメラでエミリア達の言葉は全て記録されている。そうですよね？　マクスター先生？」

「そうなんです。面白いんですよ！　映像と音をそのまま受信器に飛ばすんです。情報量が多いので少し苦戦しましたが完成したんですよ。カイル殿下にはこれからも面白いアイデアを考えてほしいです！　カイル殿下には断られてしまったんですが、今度の発明品発表会に出品したいくらいの出来なんですよ」

マクスター先生が興奮した様子で説明する。

カイルがそれを収めるように咳払いをして、話題を元に戻す。

「まぁ、それで監視カメラで見聞きしたことを、こちらで確認しているというのが現状だな」

カイルが言葉を切ると、今度はマチルダさんの声が聞こえてきた。

「カ、カイル殿下。発言してもよろしいでしょうか？」

「ああ、マチルダ嬢。よろしく頼むよ」

「えっと、先程カイル殿下が仰《おっしゃ》った通り、私はエミリアさんに仲間になるように言われました。今は誘われるまま仲間になって潜入調査をしています。皆様が話した通りアラミック様のことには一切触れておりません。最近のエミリアさんは期末にある晩餐会《ばんさんかい》に夢中のようです。そのための準備で何度かお茶会に呼ばれて色々話したので、そのことをみなさんと共有したいと思います」

マチルダさんがメモ用紙を捲《めく》る音が聞こえてきた。

「えー、まずはエミリアさんとのお茶会での話題についてですが、今は服装についてが八割、残りをなぜか私の剣の腕についての話が占めています」

「服装？　剣？」

　カイルが不思議そうに尋ねる。

「はい、男性はあまり馴染《なじ》みはないかもしれませんが、やはり晩餐会《ばんさんかい》となると正装ですし、どのような服装で参加するかは重要です」

「なるほど」

「それで、なぜかエミリアさんは私のドレスも用意すると言っています。プレゼントだと。何度お断りしてもダメなので、もうこのまま頂こうと思っています。今度のお茶会で採寸する予定です。なんでも王都からわざわざ人気のデザイナーを招くらしいです。あとは私の剣の腕前はどれくらいなのかとか、練習しているところを見たいとか言われています」

「エミリアさんはなにがしたいのかしら？」

　私が思わず呟くと、ナタリーさん達も「そうですわね」と同意してくれた。

「あとは妙にアリシア様との関係について聞いてきます」

「私との関係？」

「はい。仲は良いのか、信頼されているのか、今はどうなのかとか……」

「マチルダはなんと答えたんだ？」

エリックさんが心配そうに言葉を挟む。

「えっと。仲は良かったけど、あの噂を聞いてからは疎遠になっていると答えました。そうすると残念そうなんです。また、仲良くしたらどうかしらと言われました」

「「「??」」」

「本当にエミリアはなにがしたいんだ？　アリシア嬢の評判を貶《おとし》め、更にはマチルダには仲良くしろなど！」

エリックさんが不満げに呟く。

「エリック、それはいいから！　あの、それで……皆様、私はどうしたらいいのでしょうか？」

マチルダさんの困った声が響いた。その問いにカイルが答える。

「そうだなぁ。マチルダ嬢、申し訳ないがエミリアの言う通りにしてもらえないかい？」

「では、アリシア様と仲良くするということですか？　それなら私も嬉しいですが……」

「但《ただ》し、エミリアにはあの噂でアリシアとは疎遠になったと話しているのだろう？　エミリアに言われたから嫌々仲良くしますという感じでできるかな？」

「嫌々……ですか？」

「ああ、そうしないと疑われるかもしれないからね」

「嫌々ですね。わかりました。明日にでもエミリアさんに、本当は嫌だけどエミリアさんがそう言うならアリシア様と仲良くしてみますと伝えます。その後でアリシア様に話しかけてもいいですか？」

「はい！　もちろんです！」

私はマチルダさんの声に勢いよく返事をする。一人でいることは寂しすぎたので、どんな理由でもマチルダさんと一緒にいられるなら嬉しい。マチルダさんににっこりと微笑んだ。

「マチルダ嬢、質問なんだけど、発明品発表会についてエミリアはなにか話している？」

カーライルさんが気になるという口調で質問した。

「発表会ですか……。なにかを出品するようですが、あまり興味はなさそうです。それよりも今は晩餐会《ばんさんかい》、晩餐会《ばんさんかい》という感じです」

「そうか、ではなにか仕掛けるのは発表会ではなく晩餐会《ばんさんかい》である可能性が高いのかな」

カーライルさんが「どうする？」とカイルに確認を取る。

「そうだね。でも、エミリアが発明品発表会にどんな発明品を出品するのかには興味がある。ここで通信機のような大発明を発表されると晩餐会《ばんさんかい》どころではなくなるだろう。少し探りを入れてみるよ」

カイルが一旦そのことは引き受けることにしたようだ。

その後、エミリアさんの目的を探ることを第一に考えて行動するという指針が決まり、私達の第一回合同会議は終了した。

ガヤガヤと帰り支度をするみんなの声を聞きながら、私は今までのことを思い出す。

たった一人で犯人捜しをしていたはずなのに、いつの間にかこんなに沢山の仲間がいる。私は驚きと共に感謝の気持ちで一杯になり、胸が熱くなった。


合同会議の後、私とカイルは執行部の部室に行くことにした。さっき話した通りエミリアさんの発明品に関する情報を得るには、ミハイルさんに探りを入れるのが一番だとなったためだ。

今はカイルとは不仲ということになっているので、部屋まで別々に向かう。

私がいない方がいいのではないかと思ったが、不仲のはずの私達が揃った時の反応を確認したいということなので、わざと鉢合わせることにした。

エリックさんが言うには、ミハイルさんはこの時間には必ず仕事をしている。確かに、仲間は多いに越したことはないし、商人達を通じて発明品についてなにか聞いているかもしれない。

私はドキドキしながら、執務室のドアを開ける。丁度カイルがミハイルさんと挨拶をしていた。

「ミハイル、お疲れ様」

「お疲れ様です、カイル殿下。珍しいですね。あれ？　ああ、アリシア様もいらしたんですね。お久しぶりです」

「ご無沙汰《ぶさた》しております、ミハイル様。お仕事中にすみません」

「お気になさらず。それよりカイル殿下はもう少し仕事してください。生徒の要望や改善の意見が溜まっているんです。私はその対応で手一杯ですよ」

ミハイルさんは私とカイルが並んで立っていても、全くに気にしていないようだ。それどころかカイルに仕事の愚痴《ぐち》を話している。

「ミハイル、すまない。確かに、最近ミハイルに頼りすぎていたな」

「いえ、それよりアラミック様がどちらにいるか知りませんか？　渡したいものがあるんですがいらっしゃらなくて……」

困ったようにミハイルさんが話す。

混乱を避けるため、アラミックさんが王宮に連れていかれたことは内密だった。ミハイルさんが知らなくてもしょうがない。

でも、流石《さすが》にあれだけ会っていたエミリアさんはアラミックさんのことを知っているだろう。ということは、やはりミハイルさんはエミリアさんに取り込まれてはいない？　それなら、商人との繋がりが深いミハイルさんに事情を話して仲間になってもらえるかしら？

私がそんなことを考えていると、カイルは当然のように私をエスコートして室内を進み椅子に座らせてくれた。そして、ミハイルさんへ端的に事実だけを伝えた。

「アラミックか……。しばらくここには来られないようだ」

「え⁉　そうなんですか？　困ったなぁ。隣国から荷物が届いているんですよ」

「隣国から？」

「はい。ご実家からなにか届いたようです。どうしようかなぁ。日持ちしないものだと大変ですよね」

「そうだな。わかった、僕が預かるよ。アラミックに会ったら渡しておく」

「そうですか？　わかりました。では、お願いします」

ミハイルさんはなにかをカイルの執務机に置いた。

「中身は確認したのか？」

「一応伝票にはアクセサリーと書いてあるんですが、少し大きくて重いんですよね。きっと、アラミック様の好物とか入ってるんですよ」

「なるほど、ありがとう。一体中身はなんだろうな？」

そう言って、カイルはアラミックさん宛の荷物を慎重に持ち上げて、少し振ったようだ。

『――ガラガラガラ』

確かになにか入っている音がする。

「カイル、どうするの？」

私が小声で確認すると、カイルは声を潜《ひそ》めて返事をした。

「これはマクスター先生に解析魔法をかけてもらおう」

「マクスター先生？」

「ああ、こういうの好きそうだろう？」

揶揄《からか》うようなカイルの言葉に、私は「確かに」と頷いた。

私達が頷き合っていると、ミハイルさんの席からカリカリとペンを動かす音がする。

ミハイルさんは先程の言葉通り、自分の机に戻って山積みとなった書類と格闘しているようだ。

「アリシアはここにいて」

そう言ってから、カイルはミハイルさんのもとに向かう。

「僕もやろう。二人でやれば早く終わるだろ?」

ミハイルは驚いたように返事をする。

「そうですね。ありがとうございます」

そうしてしばらく、書類を捲《めく》る音とペンの音だけが響いた。私は邪魔にならないように静かに座って待つ。

その時、ぽつりとミハイルさんがカイルの名を呼んだ。

「……カイル殿下……」

「なんだ?」

「アリシア様も聞いてください。最近の執行部の不協和音の原因は……エミリアにあるのでしょうか?」

突然のミハイルさんの言葉に、私は息を呑んだ。カイルは慎重に口を開く。

「……ミハイルにはどう見える?」

「私から見てですか……。同じ商家出身の男爵家として著しく発展しているフレトケヒト男爵家は、素直に凄いと思っています。その発明を手伝っているエミリアについても同じです。ですが、最近のエミリアは……」

「ミハイルはエミリアに問題があると思うのか?」

「はい。前に一度エリック様から頼まれて、フレトケヒト男爵家出入りの商人に話を聞いたことがあります。その時は、王都の噂は誰から聞いたのか確認してくれと言われただけでしたので、その答えのみエリック様に伝えました。しかしながら、商人達はそれ以外にも色々なことを話してくれたのです」

「……商人達はなんと言っていた？」

「エミリアのアイデアには金の卵が含まれていて、上手く取り入って一つでもアイデアを貰えたら成功するとか、フレトケヒト男爵家はバラバラだから、エミリアに少し優しくしてやればすぐに懐いてくるとかです。エミリアから聞いた噂など商人同士の世間話で、誰も信じてないという感じでした。流石《さすが》に騎士団にエミリアのことは悪く言えないので、私にぶつけてきたのでしょう」

「エミリアは商人達から尊敬されているのではないのか？」

「そういう振りをしているだけです。エミリア自身は商人を掌握《しょうあく》していると考えているみたいですが、実際はいいように使われているだけですよ。商人達はエミリアからアイデアを貰うために機嫌を取っていると言っていました」

「……そうか、でも、ミハイル。なんで今そのことを僕に話すんだ？」

「カイル殿下、情報とは高く売れる時に売るものです。今のカイル殿下はそういう情報を欲しているのではないですか？」

ミハイルさんからの鋭《するど》い指摘に、沈黙が落ちた。しばらく続いた静寂《せいじゃく》をカイルが破る。

「確かにその通りだよ。……それで、ミハイルはどうする？」

カイルが問いかけると、ミハイルさんは席を立ってこちらに歩いてきた。

「ったく、エミリアはなにしてるんでしょうね？　折角《せっかく》将来は公爵の側近になれたのに、刃向かうなんて馬鹿みたいですよ」

ミハイルさんは、エミリアさんとカイルのどちらにつくのが良いか、見極めていたのだ。儲《もう》かるという点では、エミリアさんについた方がいいかもしれないが、この国の王子であるカイルと喧嘩《けんか》する気はないと話し出す。

打算的とも言えるが、このくらい賢く立ち回らないと貴族社会ではあっという間に振り落とされてしまうのだろう。

「わかったよ。ミハイルの判断は？」

「最近の状況を私なりに分析しました。殿下とエミリアは対立関係になっているという認識で合っていますか？」

「ああ」

「エミリアにはアラミック様が、殿下にはカーライル様とエリック様がついたと見て間違いありませんね？　でしたら話は簡単です。カイル殿下には私を味方に誘うことを進言します」

「え？」

「私は役に立ちますよ？　なんと言ってもフレトケヒト男爵家とは元々ライバルみたいなものです。裏も表も知り尽くしていますよ。私を取り込まない理由はないと思います」

ミハイルさんは自信満々に売り込み始めた。

私はびっくりして、ミハイルさんに問いかける。

「ミハイル様？」

「アリシア様もそう思いませんか？　私ならエミリアや男爵家のことを調べられます」

私にまでそんなことを言うので、カイルは明るい笑い声をあげた。

「流石《さすが》だな！　ミハイルは、こちらについた方が得だと判断したのか？　それは光栄だよ」

カイルは一旦言葉を切ると、真面目な口調でミハイルさんに話しかける。

「では、ミハイル。契約内容を確認しようじゃないか？」

「流石《さすが》、カイル殿下です。わかっていらっしゃる」

ミハイルさんはガザガザと机を漁《あさ》り、何枚かの書類をカイルに渡した。

私はなるほどと頷いた。商人を縛るのは信頼でも仲間意識でもない。契約書だ。

カイルは細かな事項まで書かれている契約書をしっかりと熟読してから立ち上がった。

「これからもよろしく頼むよ。ミハイル」

「はい！　カイル殿下」

そうして、カイルとミハイルさんは契約を交わして仲間となった。

カイルが今までの経緯についてミハイルさんに話すと、彼は時々質問を交えながらも全てを理解する。当初の目論見通り、彼にはエミリアさんが発明品発表会で、どんな発明品を出品するのかを調べてもらうことになった。ミハイルさんは「お任せください」と言うと執務室を出た。

「カイル、ミハイル様はどちらに？」

「ああ、きっと心当たりがあるんだろう。ミハイルは商人だ。両方の情報や繋がりも調査済みだよ。きっと机の中にはエミリア用の契約書も用意していただろうな」

「まぁ！」

私はカイルの言葉に感心してしまった。そして、なぜカイルがミハイルさんを側近候補にしていたのか理解する。

私が納得して頷いていると、カイルが私の肩を叩いて仕切り直すように声をかけてきた。

「それじゃあ、ちょっとホースタイン公爵に通信を繋げてみようか？」

「え？　お父様に？」

「ああ、実はアラミックが連れていかれてから、まだ様子を確認していないんだ。ミハイルから預かった荷物もあるしね」

「確かにその通りね。それじゃあ、私の通信機で繋げるわ」

「ありがとう。その方が公爵も快く対応してくれるから助かるよ」

私はふふふっと頷くと、ケイトから通信機を受け取ってパパさんを呼び出した。

「アリシアかい？」

すぐに出たパパさんに、カイルの言う通りだわと苦笑した。

「ご機嫌よう、お父様。今、少しよろしいでしょうか？」

「アリシアなら、いつでも大丈夫だよ！　なにか問題でもあったのかい？」

すると横からカイルが通信機を受け取って、そのまま話し出す。

「公爵、カイルです。すみませんが、アラミックの様子を教えていただけますか？」

「カイル殿下……。わかりました」

「よろしくお願いします」

カイルが話すと、パパさんのテンションはあからさまに下がった。それから落ち着いた口調で、アラミックさんの様子を話し始める。

「アラミック王子は、大人しくしていますよ。ただ、未だなにも話しません」

「なにか変わった様子はありますか？」

「様子ですか……。今は呆然としていますね。世間の目があるので王宮では王の招待という形式になっています」

「それで隣国との交渉は？」

「あちらの都合で預かった王子が粗相をしたんです。しっかり取るものを取って、有利な条件をつけるつもりですよ」

「そうですか……。そういえば先程隣国からアラミック宛の荷物を預かりました。中身はアクセサリーとなっていますが、念のためマクスター先生に調査を依頼しようと思います」

「荷物にアクセサリーですか……確かに怪しいですね。ハロルド・マクスターは信頼できる男ですから良い判断だと思いますよ」

「ありがとうございます。それで一緒に捕まった男達はなにか話しましたか？」

「素直に話していますよ。ただ本当になにも聞かされていないようです。もう一人来るはずだった人物が、全てをあの場で説明するはずだったらしいのです。……一体誰だったんでしょうね」

「エミリアさんだったかもしれないわね」

「エミリア嬢……例の男爵令嬢だね。その後、なにかあったかい？」

「えっと、お父様。今はエミリアさんを誘い出すために、当初の予定通り私とカイルが不仲だという噂で持ちきりですわ」

私はこの状況を利用することにしたと伝える。そして、マチルダさんが潜入調査してくれていることも。

「アリシアに寂しい思いをさせてしまったね。でも、計画通りになったし、協力者も増えたということかい？」

「はい、カイルとは不仲ということになりましたが、仲間も増えましたわ」

「そうか……まあ、マチルダ嬢経由でエミリア嬢の行動は全てわかるようになったのなら、よかったじゃないか！　計画が上手くいっているということだ。エミリア嬢がアラミック王子の提案に乗ってくれれば、簡単だったんだがなぁ。あの監視カメラの映像を見ると、必死に止めていた。あれでは称賛ものだよ。それにその後、アラミック王子との接触は控えていたらしいから、隣国の王妃狙いという線もないだろう」

「そうですね。エミリアはアラミックなどいなかったかのように、今は学校のイベントに夢中です」

「イベント？」

カイルの言葉に、パパさんが不思議そうに尋ねる。

「はい。期末に開催される発表会と晩餐会《ばんさんかい》です」

「そういえばありましたね。今年はなんの発表会なんですか？」

「今年はエミリアを審査員に迎えて発明品発表会です」

「ふむ、それは興味深い。そこでなにか仕掛けてくるということですか？」

「それはまだわかりませんが、エミリアは発表会よりも晩餐会《ばんさんかい》の話ばかりしているようです」

「アリシアにはなにか言ってきたのかい？」

「いえ、今のところはなにも……。ただ、マチルダさんに私と仲良くするように言っているらしいので、そのうちなにかあると思います」

パパさんの問いに、私は不安を隠せないまま答えた。

そんな私を心配するパパさんの声が、通信機の向こうから響く。

「くれぐれも気をつけるんだよ？　アリシア」

「はい。お父様」

パパさんとの通信から更に数日後。マチルダさんはエミリアさんに頼まれて仕方なくという感じで、私に話しかけてくるようになった。

「アリシア様！」

そして、今日もケイトの手を取って歩いていた私を呼び止める。

私は内心の嬉しさが滲《にじ》み出ないように気をつけながら、不機嫌そうに振り返る。

「どなたですの？　その声はマチルダさん？　また、貴女なの？　突然呼び止めて失礼だわ」

「アリシア様はいつも一人でしょ。エミリアさんが可哀想だから一緒にいてあげてと言っていますの」

「ふん、好きになさい」

最近板についてきた意地悪な令嬢として答える。みんなはカイルに嫌われたことで自暴自棄になったと思っているみたい。

マチルダさんもいつもの凛《りん》とした態度とは打って変わって、エミリアさんの取り巻きのような口調で話す。そして、それを冷たく受け流す。これが最近の私達の行動パターンだった。

そうすることで、周囲が私の性格を誤解することを狙っている。

私をよく知らない人達は、隠していた魔力がばれたことで、私の本性が現れたと思っているようだ。

そんな日々を過ごして、いつものようにマチルダさんと小芝居をしてからガゼボにやってきた。私達は椅子に座り、ため息を吐いてケイトが用意してくれたお茶とお菓子を食べる。

自分ではない誰かになりきるのは思いの外疲れる。

「マチルダさん、本当にこれでよかったの？　このままではマチルダさんまで悪く言われてしまうわ」

私は見えない目をマチルダさんの方に向けて話しかける。

「いいんです。こうしてアリシア様と二人でお茶ができるじゃありませんか。それにこれはエミリアさんからの指示なんです。なにが目的かわかりませんが、エミリアさんは私とアリシア様が仲良くすることを望んでいるんです」

「……私達が仲良くすると、彼女にとってなにか都合がいいことでもあるのかしら？」

マチルダさんは毎朝エミリアさんに会って、色々話してから私のところに来ている。

例の晩餐会《ばんさんかい》のドレスの採寸が終わり、とても高価なものがプレゼントされる予定ということだった。

私はエミリアさんやマチルダさんが素敵なドレスを着ていても見えないし、あまり興味はないが、エミリアさんにとってそれが重要なのだそうだ。

そして、やっとエミリアさんからマチルダさんに明確な指示があったらしい。

「今日エミリアさんから言われました。アリシア様に疑われないように晩餐会《ばんさんかい》のドレスコードを間違えて教えるように、と」

「ドレスコード？」

「はい。後日学校から正式な招待状が届きます。その招待状には晩餐会《ばんさんかい》は正装での参加と書かれているのですが、この晩餐会《ばんさんかい》の正装とは夜の舞踏会のような派手な服装ではなく、肌の露出は控えめな上品な服装をするのが通例なんです。ですがエミリアさんに、アリシア様に露出の多い舞踏会用の正装だと伝えてほしいと言われました」

「まぁ、なんのために？」

「エミリアさんが言うには、アリシア様が晩餐会《ばんさんかい》で場違いな服装を身につけてきて、そのことを私達が注意するのが目的のようです」

「そうなの？　それでどうするのかしら？」

「えっと、アリシア様がお怒りになるんだそうです」

マチルダさんが言いにくそうに口にした。それで私が怒る意味がわからない。

「……なぜ私が怒るのかしら？　ドレスコードを間違えたから？　そんなことで？　それに私は目が見えないから、他の方のドレスどころか自分のドレスですら気にしたことなんてないのよ？」

「ええ、それはわかるのですが、エミリアさんの中のアリシア様はそれで怒り狂うんだそうです。その上、暴力に訴えると言っていました。その時は私にアリシア様から守ってほしいと言われました」

「それは、私に怒る演技をしろということなのかしら？　それからエミリアさんに襲いかかってほしいと？」

私はため息が出るのを止められなかった。予想の斜め上を行く展開に、途方に暮れてしまう。

「本当にエミリアさんは、私になにをさせたいのかがわからないわ」

「私もです」

そうして私達は二人で頭を抱えたのだった。

～・～♣ カイルの罠《わな》 ♣～・～

カイルはアリシアとの通信を切ってから、目の前の三人に向き直った。

カイルの目の前にはカーライル、エリック、そして新たにミハイルが座っていた。

「アリシア嬢はなんと？」

カーライルが尋ねてきた。

「エミリアはマチルダ嬢に、アリシアに間違った晩餐会《ばんさんかい》のドレスコードを伝えるよう指示したらしい。なんでも露出の多い、夜の舞踏会並みの服装にさせるように言っているようだ」

「えっと、悪い。俺にはなんのことだかわからん」

エリックが困惑して答えた。するとミハイルが「あぁ」と言って話し始めた。

「下級貴族には良くあるんですよ。この類《たぐ》いの嫌がらせは」

「嫌がらせ？」

「はい。ワザと間違ったドレスコードを教えて、場違いな格好をさせるんです。まぁ普通は逆ですが……」

「逆？」

「はい。普通は正装の場に普段着で来させて辱《はずかし》めるんですが、アリシア様は公爵令嬢ですので、ワザと華美な装いをさせ、場違いを指摘するつもりなのでしょう」

「そういうものか……」

「いかにも低俗な嫌がらせだね。でも、上級貴族には通じないなぁ。家格にあった服装をするのが当然だからね。普段であってもアリシア嬢が他の令嬢よりも華美になるのは当たり前だし、だれも場違いと思わない。逆に一人だけカジュアルな服装だったとしても、公爵令嬢が少し外したおしゃれを楽しんでいると思われるだけだね」

　カーライルが苦笑しながら説明した。それに同意を示して、カイルが付け足す。

「だよな。しかも、アリシアは盲目だ。もし場違いな服装だったとしても、アリシアの不手際ではなく周りの責任になると思うがな。それに、驚いたことにその場違いなドレスを注意されて、アリシアは怒り狂うと思っているんだそうだ」

「「なにに怒るんだ？」」

「僕にもわからん」

　四人はこの残念な計画を残念なまま実行させるのか、別の意味で頭を抱えた。

「まぁ、この件はまた後で考えよう。他になにかわかったことは？」

「はい、カイル殿下。エミリアが出品する発明品についての情報が集まりました」

今度はミハイルに注目が集まる。稀代の発明家であるエミリアの発明品だ。興味のない者など存在しない。

「で？　一体どんな発明品なんだ？」

「魔道具の犬らしいのです」

「犬？　魔道具？」

「エミリアは相変わらず面白いことを考えるんだな」

エリックが感心したように頷いた。

「確かに。生き物ではない犬なら餌《えさ》も必要ないね。これはまた画期的な発明だよ」

カーライルも「凄いな」と呟く。

四人が盛り上がっていると、背後からのんびりとした声が聞こえてきた。

「みなさん、どうしたんですか？」

振り向くとそこには、マクスター先生がカイルから預かったアラミック宛の小包を抱えていた。実は四人が集まっていたのは、マクスター先生の解析魔法の結果を聞くためだ。

「先生、どうでしたか？」

「貴方達は楽しいものを持ってきてくれましたね。嬉しい限りですよ」

マクスター先生の嬉しそうな顔から、箱の中身はかなりヤバイものだったのだと確信した。

カイル達は引きつらせた顔を見合わせて、マクスター先生の発言を待った。

「カイル殿下、これは暗殺などに使われる小道具です。呪具の一種ですね」

「呪具？」

「はい」

そう言ってマクスター先生は、箱から小さな木箱を取り出すと四人の前に置いた。

「流石《さすが》きな臭い情勢の隣国ですね。こんなものが流通しているなど、普通考えられませんし、小包で送るなど信じられません」

マクスター先生はその木箱を開ける。中には男性物の指輪が入っている。見た目は豪華で、それこそ晩餐会《ばんさんかい》で身につけても遜色《そんしょく》ない代物だ。

「これが、呪具？」

「面白いですよねー。調べると、これには精神錯乱の魔法が込められています」

マクスター先生は立ち上がり、ホワイトボードになにかを書き始めた。

タンッとペンを置くと、振り向いて普段絶対にしないような真剣な表情で説明した。

「これを身につけると魔法が発現して精神を錯乱させます。身につけた本人は攻撃魔法を撃ちまくるかもしれません」

「「「なっ！」」」

「もの自体もヤバいですが、差出人が隣国の好戦派であるバークレー家というのが頂けません」

マクスター先生の言葉を受けてカーライルが答えた。

「確かに。アラミックが身につければ錯乱し、周りの人間に攻撃魔法を仕掛けるということか。もしそうなったら護衛達はアラミックを倒すだろうな。魔道具を使えば、誰の手も汚さず彼をどうにかできるね」

「アラミックは自分の祖国から狙われたというのか……」

カイルが驚愕を抑えて呟いた。それを受けてカーライルが更に憶測を話す。

「その可能性は高い。彼は今、王宮に軟禁状態だけど、普段から身につけているアクセサリーの差し入れなどは許されると踏んだんだね」

「自国の王子だろ！」

エリックが悔しそうにテーブルをバシンと叩いた。

「まぁ、確かに王子ですよ。平和な我が国で反体制組織を作ろうとしたね。それに、隣国でもてあましているというじゃないですか。スティーブン先輩との交渉じゃあ隣国も大変でしょうねぇ。それならばいっそのこと……と考えても不思議ではないですよ？」

マクスター先生は淡々と述べる。

「そんな！」

エリックはつい最近まで仲間だったアラミックを思い、怒りが収まらないようだ。

「落ち着いてくれ、エリック。とりあえずアラミックの身の安全は、王宮にいる限りは大丈夫だ」

カイルがエリックの肩を押さえて、座るよう促した。

「マクスター先生、そのアクセサリーの製造元はわかりますか？」

「今のところ、まだわかりません」

「それでは、これは隣国のバークレー家が暗殺を企てた証拠にならないということですか？」

「そうですね。足がつかないものを送ってきたと思います。ただ、これは危険なので私の方で管理します。先輩か魔法研究所に引き渡すつもりです」

そして、呪いのかけられた指輪は、再びマクスター先生の預かりとなった。

～・～♥エミリアの策略♥～・～

「ちょっと！　どういうことなのよ！」

たった今父親との通信を切ったエミリアは、大きな音を立ててテーブルを叩いた。

エミリアはカイル王子との恋に落ちるイベントに向けて準備していた。

物語の中のアリシアは、エミリアがドレスを少し指摘するだけで怒り狂い、宥《なだ》めるカイル王子に手を上げるのだ。

婚約者で王子のカイルに手を上げる悪役令嬢にも呆れたが、同時にびっくりしたのを覚えている。

その時、ヒロインのエミリアがカイル王子を庇《かば》うことで、彼はエミリアと恋に落ちるのだ。

「でも、今のアリシア様はそんなことしなさそうなのよねぇ」

少しの間だけだが、実際に話した印象は目が見えない優しいお嬢様だった。

「私の嘘にもすぐに騙《だま》されたし、ほんと使えない悪役令嬢だわ」

エミリアは仕方なく保険を用意することにした。

エミリアの父親であるフレトケヒト男爵に、暴漢を用意してもらうのだ。

父親は金持ちになってから、危ない男達と付き合い始めた。それで、商売敵を蹴落《けお》としているのだ。

だが、その事実にエミリアは全く興味を持たなかった。

だってそれはストーリーの外の出来事だから。

それでも、今回ばかりはアリシアがカイル王子に手を上げなかった時の保険として、協力を求めたのだ。誰からであろうと、カイル王子が襲われた時に庇《かば》えばイベントは成立するはず。

単純で馬鹿な父親は、そうすればカイル王子と仲良くなると唆《そそのか》したら二つ返事で了承した。

そして、その暴漢達を指揮する役目をアラミックに押し付けた。アラミックはこれさえ終われば好きに使ってもいいと伝えたら、嬉々として引き受けた。

本当なら、使えない父親があの裏庭でカイルを襲う計画を説明するはずだったのだ。

「ほんと、モブなんて馬鹿ばっかりね。しかも、その初回の打ち合わせでカイル王子達に捕らえられるなんて、本当に馬鹿！」

たった今、父親からアラミックが暴漢として雇った男達と一緒に捕まったと通信で知らされたのだ。

「全く！　また、一から計画を練り直さなくちゃならないじゃない！」

エミリアは気を取り直して、もう一度父親に通信を繋げた。

今度はカイル王子達にバレないように進めなくては。

エミリアは夜遅くまで、父親と今後のシナリオを話し合った。

第六章　発明品発表会

～・～◆アリシアのドレス◆～・～

私はカイルに相談して、晩餐会《ばんさんかい》のために公爵令嬢として相応《ふさわ》しいドレスを新調することにした。

マチルダさんの話がなくても、家格にあった装いをしなければならない。色や形は良くわからないので、カイルとケイトにお任せして、今日は仮縫いをする予定だ。

この時ばかりは、学校も部外者の立ち入りを許可してくれる。

晩餐会《ばんさんかい》までひと月を切った今、学校には採寸や仮縫いのために王都から沢山のデザイナーがやってきていた。

「まぁまぁまぁ、素晴らしいですわ！　アリシアお嬢様！　アンネマリー様に引けをとりませんわ！」

王都からやってきたデザイナーは、ママさんご贔屓《ひいき》のドレス職人で、信頼できるし腕もいいらしい……ちなみに男性（オネエ）だ。

オネエとはいえ男性なので、寮の部屋には入れず応接室を借りての仮縫いとなっている。

「アリシアお嬢様、少しお手を上げてくださいませ」

私は言われた通りのポーズを取る。

「まぁまぁまぁ、やっぱり素晴らしいですわ！　アンネマリー様にそっくりですわ！」

もう既に数え切れないくらい繰り返したこのやり取りに、私は認めざるを得なかった。

……この人、熱狂的なママさんファン。

「アリシアお嬢様！　今度は少し首を傾げてくださいませ！」

もう首なんかドレスと関係ないと思ったが、素直に従った。

「まぁまぁまぁ、あぁ、アンネマリー様がスティーブン様と婚約された時を思い出しますわ！　創作意欲が止まりませんわ！」

そう言うとマダム（そう呼んでほしいと言われた）は、物凄い勢いでドレスに手を加え始めた。今までのポージングはなんだったの？　と言うくらい、動くことを禁じられてマダムの手がそこかしこに伸びる。

その時、部屋のドア付近から不機嫌そうなカイルの声が響く。

「おい、お前！　そんなに触る必要はないだろう！　もう少しアリシアから離れろ！」

「カイル？」

「あぁ、アリシアお嬢様！　動かないでくださいませ！　今一番大事なところですのよ！　殿下も黙っていてください！　全くスティーブン様と同じことを言うのね！」

そう言いながらもマダムの手は止まらず、あっという間に仮縫いが終了した。

「うん、できましたわ。まだ仮縫いですのでゆっくりと動いてください」

マダムが私の手を引いてカイルの方を振り向かせた。

「どうぞ、我慢できない坊やにはもったいないですけど。いかがかしら？」

すると、今まで後ろから聞こえていたカイルの不満の声は、一切聞こえなくなった。

「カイル？　どうしたの？　似合わないかしら？」

～・～♣カイルの天使♣～・～

カイルはアリシアのドレスデザイナーが男と聞いて、いてもたってもいられなくなりドレスの仮縫いを見に来た。

もちろん、着替えが終わるまでは中に入れてもらえなかったが、ドレスの直しが始まると入室させてくれた。

マダムと呼ばれる、いや呼ばせている男は、がたいの良いやたらと背の高い男だった。男らしい見た目に反して、可愛らしいフリルのあしらわれたピンクのシャツを着ている。

その大男が、アリシアの華奢《きゃしゃ》な肩やウエストなどを撫《な》でるように触っているのだ。

カイルは我慢できずに思わず注意したが、逆に言い返された。

その後も、口を出したいのをぐっと堪え、ハラハラと見守る。そして、男（マダムとは呼びたくない）の手が止まり、アリシアをカイルの方に振り向かせた。

その瞬間……カイルの息が止まった。完全に止まってしまった。息の仕方を忘れる。

「カイル？」

アリシアが不思議そうにカイルを呼ぶが、アリシアのあまりの美しさに、カイルは暫《しば》し呆然とその姿に見入った。

アリシアのドレスは、プラチナブロンドの髪が引き立つ濃紺のドレスだ。その生地《きじ》は最高級と一目でわかるほど滑らかで、繊細な光沢を放っている。

ドレスのデザインはシンプルなワンショルダーで、ウエストはぴったりと体のラインに沿い、その下から裾に向かってふんわりと広がりを見せていた。

そして、そのドレスの肩口から裾まで、まるでアリシアの髪のような銀糸で贅沢に刺繍《ししゅう》が施してあった。銀糸はアリシアが動くたびに、照明に反射してキラキラと輝く。

カイルはその素晴らしさに感嘆の声をあげる。

「おい、お前、褒美を取らす」

カイルは頬を染めながら、敢《あ》えて鷹揚《おうよう》にマダムに声をかける。

先程アリシアにベタベタと触っていたのは気に食わないし、自分の余裕のない態度を見られてきまりが悪いが、彼の腕は一流だ。

マダムはニヤリと笑って答えた。

「ありがたく頂きますわ！　本当に母娘で趣味がおんなじなのねーーっ。スティーブン様と全く同じことを言うんだから！」

「えっと、カイル？　似合うかしら？　私には見えないからわからなくて……」

アリシアが少し不安そうに聞いてきた。カイルはツカツカとアリシアに近づいて、勢いよくその手を取る。

「とても、とてもとてもとても良く似合っているよ。もう誰も君を少女だとは言えなくなるよ。凄く綺麗だ」

カイルは熱い視線をアリシアに注ぎ、手の甲にキスを落とした。アリシアは安堵《あんど》の息を吐いて、マダムの方に顔を向けた。

「マダム、ありがとうございます」

にっこりと笑ったアリシアを見てマダムは一瞬固まった後、カイルを押しのけて鼻息荒くアリシアの肩を掴《つか》んだ。

「アンネマリー様は最高です。でも、アリシアお嬢様も同等……いえ、それ以上かもしれませんわ！　アリシアお嬢様！　これからもドレスをお作りになる時は、ワタクシを呼んでくださいませ！　なんとしても駆けつけますわ！　あぁっ、創作意欲が湧きますわ！」

マダムは隣でキッと睨みつけるカイルを無視して、更にドレスを手直しした。

アリシアは終わったと思った仮縫いがまた始まったことにため息を吐くと、再びマダムに言われるままにポーズを決める。

カイルは恨《うら》めしげな表情を浮かべて、すごすごとドアの前に戻る。そして、近くで待機しているケイトに不満をあらわに声をかけた。

「おい、これはいつまで続くんだ？」

「アンネマリー様の時と同じであれば、一時間程はかかるかと」

「……あと一時間……」

カイルは愕然《がくぜん》と呟く。

心配で来てしまったが、愛しい婚約者が他人に触られるのを目にするのは、男にとって耐えられない苦行だった。


～・～◆カイルとのお茶会◆～・～


ドレスの仮縫いがやっと終わり、マダムは帰っていった。

帰り際の「でき上がりを楽しみにして頂戴ね」という晴れやかでやる気に満ちたマダムの声が印象的だった。

そして、そのままカイルとのお茶会が始まった。

はっきり言うと、私は目が見えないので外見にはなんのこだわりもない。今回のドレスも、エミリアさんが絡まなければ手持ちのもので充分だと考えていた。

なんと言っても溺愛《できあい》してくるパパさんが、ことあるごとに贈ってくれるのだ。それをケイトにお任せで身につけるのが通例だった。

私はお茶を一口飲むと、ふぅーっと息を吐き出した。

「大丈夫かい？　疲れたのなら、寮の部屋で休んだ方が良いんじゃないか？」

カイルがそう気遣ってくれる。それでも久しぶりのカイルとのお茶会なのだ。

今は婚約破棄間近と言われているので、カイルと一緒にお茶を飲むのは本当に久しぶり。合同会議以外では会うことらままならない。

「ううん、大丈夫よ。折角《せっかく》のカイルとのお茶会ですもの。一緒にいたいわ。でも、私と一緒にいるとまずいのではなくて？　大丈夫かしら？」

「あぁ今日は大丈夫だよ。公爵家からの要請で、仮縫いへの立会いを強要されたと言いふらしながらここには来たからね。誰も疑わないさ」

「よかった。私、カイルに凄く会いたかったの！　今はマチルダさんが一緒にいてくれるからまだ大丈夫だけど、やっぱりカイルと会えないのは寂しいわ」

「アリシア……君はなんて可愛いんだ！」

素直に思ったことを伝えると、感極まったように叫んだカイルにガバリと抱きしめられた。

少し会わない間にまた背が高くなったのか、カイルのがっしりとした腕が楽々と私の体を包み込む。その広い胸に頬を寄せて、私は久しぶりのカイルの香りに安堵《あんど》する。

おずおずと彼の背に腕を回して、抱きしめ返してみた。

小さく肩を揺らしたカイルは、一度強く私を抱きしめると少しだけ体を離す。そして、私の頬に手を添えてから、ゆっくりと唇にキスを落とした。

心臓は今にも破裂しそうにドキドキと高鳴っている。

しばらくお互いの唇を合わせてから、カイルの唇は名残惜《なごりお》しげに離れていった。

「アリシア、君のことを愛しているよ。今は一緒にはいられないけれど、いつも君を思っていることだけは忘れないでおくれ」

私は熱くなった頬に手を当てて、しっかりと頷いた。

「そ、そうだ。ミハイルがエミリアの発明品について調べてくれたよ。なんでも魔道具の犬だそうだ」

照れ隠しなのか、カイルが突然エミリアさんの発明品について話し出す。

「魔道具の犬……あの超有名なやつだわ」

「やっぱりその発明も知っているのかい？」

「ええ、前世で凄く有名だったのよ。私は持っていなかったけれどかなり流行っていたわ」

「そうか、やはりエミリアは君と同じ転生者なんだな」

「でも、まだ確認が取れていないの。晩餐会《ばんさんかい》までになんとか確認できないか考えてみるわね」

「そうだね。転生者同士とわかったら色々話せるだろうし」

「ええ。お互いにじっくり話せれば、誤解もなくなると思うの」

「それがやっぱり一番穏便な方法なのかもしれないな」

そう言って、カイルが今考えている罠《わな》について話してくれた。

カイルの考えはこうだ。

マチルダさんからの情報では、私のドレスをエミリアさんが注意することになっている。それ自体が私への侮辱《ぶじょく》罪になるということだった。

「侮辱《ぶじょく》罪？」

「ああ、君は公爵令嬢だ。どんな理由にせよ男爵令嬢が公《おおやけ》の場で君を非難したら、この国ではそれだけで罪になってしまうんだよ」

「……そうなのね」

「だから、僕の計画はわざとエミリアに君を非難させる。そうすれば別室に連れていって話を聞くことはできるだろう。侮辱罪《ぶじょくざい》での騎士団への引き渡しを条件にすれば、君への暴行やアラミックのことなど色々聞き出せるはずだ」

とうとうエミリアさんを捕らえるという話まで進んでしまったことが、ショックだった。

「エミリアさんが……なにもしなかったら？」

「侮辱罪《ぶじょくざい》は現行犯じゃないとダメなんだ。捕らえることはできなくなる。でも、アラミックの件もあるから、時間の問題だと思う。これ以上罪を重ねさせないためにも、アリシアは今の通り嫌われたままでいてほしい。晩餐会《ばんさんかい》は学校内とは違い公《おおやけ》の場だ。エミリアがそのことを考慮に入れても嫌われ者の君になら、なにを言っても大丈夫と思えるようにしておくれ」

「……わかったわ」

私は、不安を覚えたまま小さく頷いた。

「――皆様、お聞きになられましたか？」

「なにをですの？」

「アリシア様は、晩餐会《ばんさんかい》のメニューをご自分だけ特別メニューになさったようですわ」

「まぁ本当ですの？　流石《さすが》公爵令嬢は違いますわね」

「カイル殿下とも最悪な関係らしいですわ」

「やっぱりあの可愛らしい姿は演技でしたのね。カイル殿下と上手くいかなくなってから言動が酷いですもの」

「それにあのマチルダさんまで、まるで使用人のようにこき使ってらっしゃるわ」

「でも、マチルダさんは盲目のアリシア様を心配なさったエミリアさんに頼まれて、仕方なくと聞いたわよ」

そこかしこから酷い声が、私に聞こえるように囁かれる。それは確かに私達の計画通りだったとしても、気持ちまで整理することはできない。

それでも今日も顔を上げて、気にしていない姿を見せなければならなかった。

いよいよ数日後に迫った晩餐会《ばんさんかい》に向かって、みんなが祈るような気持ちで準備をしている。

滲《にじ》んでくる涙を払い、初夏の空気が漂ういつものガゼボに向かった。

「アリシア様！」

ガゼボからマチルダさんの声が聞こえた。最近はマチルダさんとしか一緒にいることができない。

私達はここで息抜きするのが日課だった。

「マチルダさん！　早かったのね。遅くなってごめんなさい」

「いえ、でも大丈夫でしたか？　最近は、心無い噂に歯止めがきかなくなっているように思います。お気をつけくださいね」

「ありがとうございます。マチルダさん」

今日初めて聞く優しい言葉が嬉しくて、笑みを浮かべる頬に、ぽろぽろと涙がこぼれ落ちる。

「アリシア様、泣かないでください。本当に馬鹿な噂ばかりで私も頭にきます。アリシア様は盲目なのですから、晩餐会《ばんさんかい》のメニューが違うのは当然ですのに！　私はなにがあってもアリシア様のお側におりますからね！」

マチルダさんは私の手をしっかりと握《にぎ》って言う。

この手がなければ、ここまでの数週間はとてもじゃないが耐えられなかった。

「ありがとう。マチルダさん」

「はい！　さぁさぁ、お茶にしましょう。今日は、ナタリー様から差し入れがあるんです。私、ナタリー様達からとても羨《うらや》ましがられているんですよ。それに皆様からのお手紙もありますよ。一緒に読みましょう。ね？」

殊更明るく振る舞い、私を席まで案内してくれるマチルダさん。彼女の優しさが身に染みる。

……あと少し。

呪文のように心の中で唱えて、今日を乗りきる決意を固める。

私は深く息を吸い込んで気持ちを持ち直すと、彼女にエミリアさんの様子を聞いた。

「ありがとう、マチルダさん。もう大丈夫ですわ。今日、エミリアさんはなんと言っていたのかしら？」

「今日はなんというか、凄くワクワクしている感じでした。既に晩餐会《ばんさんかい》後の話ばかりしています」

「まぁ」

「エミリアさんの中では、晩餐会《ばんさんかい》でアリシア様とカイル殿下の関係が決定的に壊れ、その後なぜか彼女と殿下が一緒に王位を目指すことになっているようです」

「……やっぱり王妃様になりたいのかしら？」

「最終的にそうみたいなんですが、どうも目的より過程が大事みたいなんです。今はこれ、次はこれ、その次はこれと、一つ一つのポイントをクリアすることを考えていると言った方が、良いかもしれません」

「目的より過程？」

「はい。それで今は晩餐会《ばんさんかい》という感じです」

「そうなのね。なにか決まりがあるのかしら？晩餐会《ばんさんかい》で私を貶《おとし》めないと次に進めないような？　すごろくみたいだわ」

「すごろく……確かにその通りです！　エミリアさんは自分だけのすごろくをしているのかもしれません。うん、そうですよ。それならこの奇妙な言動にも納得がいきます。私、この線で少し探ってみます！」

元気よく返事をしたマチルダさんが、心配になった。

「わかったわ、マチルダさん。でも探る前にちゃんとエリック様にご相談してね？　一人では動かないで？　ううん、やっぱり私も一緒に話すわ。まずはカイル達に相談してみましょう」

「はーい、わかりました。最近皆様エリック、エリックとうるさいんです。なんでなんでしょう？」

心の中で「貴女の猪突猛進《ちょとつもうしん》振りをみんなが理解したからですわ」と答えて、通信の準備を始めたのだった。

「すごろくか」

　カイルと通信を繋げた私達は、早速その可能性を話した。

「そうなんです、カイル殿下！　そう考えれば、今までのエミリアさんのおかしな言動も納得できるんです。サイコロを振って出た目にただ従っているだけみたいなものですから、一つ一つがチグハグでもなんらおかしくないんです！」

　マチルダさんが興奮気味にカイルに説明する。

「そ、そうか」

　カイルが通信の向こうで困惑しているのが伝わってくる。エリックさんがマチルダさんを止めに入った。

「マチルダ！　ちょっと落ち着け！」

「エリック、でも、本当にそう考えると辻褄《つじつま》があうのよ！」

　マチルダさんの思考がどんどん飛躍する。

「だから、私、エミリアさんがなにか持っていないか探ってみる！　ほら、物語ではありそうじゃない？　呪いのすごろく！　あれをエミリアさんが持ってるかもしれないわよ！」

「ちょっ、待て！　な？　ちょっと待て、マチルダ」

「もう！　なに？」

「いや、なにってどうやって調べるんだよ。直接聞くのか？　変なすごろくやってますかって？　いいからお前は少し待て！」

「エリック様、ありがとうございます。マチルダさんも少し落ち着きましょう？　ね？」

私が二人の会話を止めて、カイルに話しかける。

「カイル？」

「あぁ、ごめんよ。えっと、マチルダ嬢は、まぁ、元気があるね……」

カイルは今カーライルさん、エリックさん、ミハイルさんと一緒にいるらしい。

「それにしても……なるほど、すごろくか。言い得て妙だな。確かにそれに似たなにかがあって、結果よりも過程というか、条件をクリアすることが大切ね。ふむ、考えられないことはないか……。ミハイルはなにかそういう商品や魔道具、呪具を知らないかい？」

カーライルさんの問いに、ミハイルさんは少し考えるように沈黙して口を開く。

「思い当たりません。そんなものがあれば、界隈《かいわい》の者の間では有名になると思うんですが……そういった噂は聞いたことがありません。お目にかかりたいくらいです」

ミハイルさんが残念そうに答えるとエリックさんがポンと手を叩いた。

「あとは先生に聞いてみるか。もしかしたら知っているかもしれないぞ」

エリックさんが席を外してマクスター先生に確認したが、そのような魔法や魔道具は耳にしたことはないと言われたらしい。

マチルダさんは肩を落としていたが、このことは私の中に小さな違和感を植えつけたのだった。

その後、私は夕食の時にケイトに心配ごとを打ち明けた。

「ねぇ、ケイトは晩餐会《ばんさんかい》でなにか起こると思う？」

「これぱかりは私にもなんとも言えません。ですが、お嬢様が折角《せっかく》皆様から嫌われるようになさっているのですから、エミリア様にはきちんと行動を起こしていただきたいと思っております。そうでなければ、いつまでもお嬢様が辛い目に遭ったままですから」

ケイトはそう力説する。とはいえ、私から見ると、もうエミリアさんには逃げ場がないように感じる。

袋小路？　絶体絶命？　前世ではこういう状況をなんと言ったかしら？

ふと、最近はもうあまり思い出すこともなかった前世が頭に浮かぶ。

……そういえば、すごろくってゲームと似てない？

前世の私は酷い喘息《ぜんそく》で入退院を繰り返していた。病院では私以外の子供達は携帯ゲームをしていた。ＲＰＧやシミュレーションゲームは、教えてもらいながら少しやったこともあった。

私はいつもスポーツ観戦をしていたからゲームのことは詳しくはないが、その子達が言っていたではないか。ゲームでは色々なイベントがあって、答えによって結末が変わると。

「もしかしたら、エミリアさんは前世のゲームをしているつもりなのかしら？　それとも夢だと思ってる？」

例えば前世でよく見た野球に当てはめてみる。

もし、応援しているチームがあって、私の好きな選手がいて、私が知っている通りにシーズンが進んでいる。そして、この最後の一球さえ打てていたら優勝ということがわかっていて、その一球のコースがわかっていたら？

私はなんとかしてそのことを伝えようとするかもしれない。そんなことを知っているとは言えないから、色々な方法で「最後の一球はこんなコースでくるのよ」と伝えたくなるかも。

エミリアさんにとって、今が正にその時だったら？

私を晩餐会《ばんさんかい》で注意することで、エミリアさんの目指すゴールに近づくのだとしたら？

チーム優勝まで目前というその時が、晩餐会《ばんさんかい》だったなら？

エミリアさんが知っていることと、この世界になにかしらの共通点があったら、信じてしまうかもしれない。未来を自分の知識で望む方向に導ける、と。

早速私はこのことをカイルに通信で伝えた。

「ゲーム？　それはどんなものなんだい？」

「えっと、前世で流行っていたすごろくみたいなものなの。マチルダさんとすごろくの話をした時もなにかが違う感じがして……。やっとこの違和感の意味がわかったの。今までのエミリアさんの行動は、まるでゲームをやっているみたい。私はあまり詳しくないのだけれど、ゲームでは、それぞれ決まった分岐点でミッションをクリアすると次に進めるのよ。で、ミッションには色々あって洞窟《どうくつ》を冒険したり、クイズに答えたりね」

「なるほど。で、エミリアにとってのミッションが噂を流したり、君を襲ったり、アラミックを唆《そそのか》したりってことか？」

「そうかもしれないわ。ミッションをクリアすることが大切なのかも」

すると、通信の向こうでなにかを叩く音が響く。

「クソ！　それで！　それでアラミックは殺されそうになってるんだぞ！」

荒い息遣いと共にカイルの厳しい声が聞こえる。私も顔を顰《しか》める。

そうなのだ、ここは現実。失敗したら、それ相応の罰が下る。やり直しはきかない。

「カイル？」

「ああ、ごめんよ。でも、本当にそんな訳もわからない妄執を叶えるためにやっているんなら、許せない。いや、今後のためにも許してはならない」

カイルが決意を込めて答えた。

「……そうね」

少し前までは私自身も、この世界をおとぎ話のように捉えていた。そのことを考えてカイルの言葉にしっかりと頷いた。

この世界が夢でもゲームでもないと肝に銘《めい》じてカイルに提案する。

「カイル、私に考えがあるんだけど聞いてもらえるかしら？」

「ん？　ああ、なんだい？」

「私、エミリアさんが本当に私と同じ転生者なのかを確認したいの。ずっとその機会を窺《うかが》っていたわ。たぶんそうだろうと思っているんだけど……。はっきりと転生者であることがわかれば、直接聞き出すこともできるし、晩餐会《ばんさんかい》での行動も予想しやすいと思うの」

「でも、どうやって？」

「それは私に任せてもらえる？」

私は力強く言って、カイルとの通信を切った。

　翌朝、私はいつものようにマチルダさんとガゼボで話していた。

「え？　発明ですか？」

「そうなの。私、今度の発明品発表会に出品しようと思うの」

「でも、発表会は明後日ですよ？　明日の夕方までに発明品を用意して登録しないと間に合いません」

「だから、みなさんにも手伝ってほしいの。ナタリー様やミハイル様達を集めてもらえるかしら？　今日の午後からマクスター先生の教室をお借りしてお話ししたいの」

　私は胸の前で手を組み、マチルダさんにお願いする。

「わかりました！　そういうことでしたら私から皆様にお伝えします！」

　そうして、マチルダさんは足早にガゼボを立ち去った。

　直接エミリアさんと話すことができなくても、転生者かどうかを確認できる発明品を作る。それが、私が考えた作戦だった。

　そうすれば、エミリアさんの反応でこの世界にどんな気持ちでいるのかわかるはず。

　私は頭の中にある発明品を実現するため、みんなに手伝ってもらうことにした。

　その日の午後、マクスター先生の教室で呼びかけた人達がやってくるのを待つ。

「アリシア！」

案の定一番にやってきたのはカイルだった。

「カイル。みなさんが来るまでもう少し待ってね」

「アリシアがみんなを集めるなんて初めてだろう？　昨日言っていた作戦かい？　危ないことはしないよね？」

困惑した様子で質問するカイルに曖昧《あいまい》に微笑み、席につくよう促した。

「大丈夫だから、カイルも座って待っていて。ね？　お願い」

私がお願いすると、カイルは「心配だ」と言いながらも席についた。そうしている間にもどんどん人が集まってくる。

「アリシア様、皆様お集まりです」

ケイトの声で私は立ち上がる。大きく息を吸って、いつもより大きな声で話す。

「皆様、今日はお集まりくださりありがとうございます。今日は私からお願いがありますの」

みんなの注目が集まったところで、私は意を決して告げる。

「私、すごろくを作ろうと思いますの！」

「え？」

「へ？」

みんながびっくりして変な声をあげた。それはそうだろう。突然のすごろく作成宣言だ。

「ただのすごろくではございません。全く新しいものです」

「新しいとは？」

ミハイルさんが訝《いぶか》しげに尋ねる。

今、私が確認したいことは二つ。

一つ、エミリアさんが転生者である確証を得る。

一つ、エミリアさんの目的を絞り込む。

私はこの二つをすごろくに入れ込むつもりだ。

転生者については、すごろくに少し前世の知識を忍ばせれば、エリミアさんだけに伝わるメッセージになる。

もう一つについては、すごろく自体をエミリアさんの行動を反映したものにする。

新しいとは言えないすごろくを、発明品として出品できるよう改良する必要があるのだ。

「例えば、女性向けのすごろくとかどうかと思うのです」

「女性向けですか？」

「それをどうするんですか？」

「発明品発表会に出品したいんです」

「発表会⁉　あと二日ですよ！」

ミハイルさんが悲鳴のような声をあげる。

「わかっています。どうしても確かめたいことがあるのです。でも、私一人では作れない。皆様、どうか助けてください！」

私はみんなに向かって頭を下げる。

できないことはできないと言う！　わからないことはわからないと言う！　助けてほしい時は助けてと言う！

これが、私がこの学校で学んだこと。

「……わかりましたわ。事情がおありなのですわよね？　私はアリシア様に協力させていただきますわ」

少しの沈黙の後、ナタリーさんが一番に賛同してくれる。

「そうですわね。私もなにかお手伝いしたかったんですの」

「私も‼」

サマンサさんもイザベラさんもそれに続く。

「私ももちろんお手伝いします！」

マチルダさんは当然のように答えてくれる。

「皆様……ありがとうございます」

私はゆっくりと頭を上げて微笑んだ。

「ほら、ミハイル。お前も協力しろよ。お前がいないとすごろくを発明品として完成させられないだろう？」

エリックさんに言われて、仕方なくというふうにミハイルさんも了承してくれた。

「わかりました。カイル殿下との契約にはありませんが、お嬢様方の案から実際のものを作成するよう伝手《つて》を辿ってみます」

「ありがとうございます！　ミハイル様」

それから、今回発案したすごろくについて詳しい説明を始める。

今回発明したすごろくは恋愛をテーマにしている。平民の女性が王妃を目指す内容だ。

題材はもちろんエミリアさん。

大体の説明を終えると、私はドキドキしながらみんなの言葉を待った。なんと言っても私はこの世界ではかなりの世間知らずなのだ。

もしかすると既に同じようなものが存在しているかも……そしたら発明品として出品

はできなくなる。

「あの……いかがでしょうか？」

遠慮がちに尋ねた私の手を、突然誰かが握《にぎ》った。

「流石《さすが》アリシア様ですわ！　画期的なアイデアです！」

手を握《にぎ》ったのはイザベラさんだったようだ。感嘆した様子でそう褒《ほ》めてくれる。

「私も恋愛を題材にしたすごろくなんて初めて聞きましたわ」

サマンサさんも賛成してくれる。

よかった……！　まだこの世界にはないアイデアだったみたい！

私は二人の言葉に背中を押されて、更に考えてきた案を披露《ひろう》する。

「そう言っていただけると嬉しいですわ。ゴールまでの間に学校内の誰かと恋人になれますの。それぞれのマス目でミッションやクイズに答えたり、たまに実際に行動するお使い要素を入れると面白いかと。ちなみに、ゴールは結婚です。王子様との恋愛に成功すれば王妃にもなれるものがいいと思います」

「なるほど！　それでエミリアさんにプレッシャーを与えるのですね！」

ナタリーさんがそう言ってポンと手を叩く。

少し遠くからカイル達の「なるほどな」という声が聞こえる。

それから私は、誰もが必ず止まる一マスに入れる言葉をサマンサさんに小声で伝える。サマンサさんが出てくる案を、紙にまとめてくれているのだ。

「えっと、『ニッポンへ帰る』ですか？　振り出しじゃなくて？」

「ええ、ごめんなさい、これは一言一句変えずに載せてほしいの。できればどの駒も必ず止まる場所がいいわ」

「わかりました。どこかの地名ですよね？　外国かしら？」

サマンサさんが不思議そうに呟いた。

「ニッポン？　私も聞いたことはないわ」

「私もです」

「残念ながら私もです。もしかしたら外国語なのではありませんか？　私の知らない言葉のようです」

不思議そうにしているみんなの疑問にわたしは曖昧《あいまい》に微笑んだ。

「申し訳ありません。そのことについてはお話しできませんの。私の希望はこの内容だけです。後のマス目の内容は皆様も一緒に考えていただけますか？」

「もちろんです！　恋愛を題材にしたすごろくなんて面白いですわ。私が言うのもなんですが、やってみたいですもの」

「本当に！　恋に落ちる男性もバラエティに富んだ方にいたしませんか？」

「まぁ、いい考えですわ！　選択した男性によってルートを変えると何回やっても楽しめません？」

「イベントはどんなものがいいかしら？」

「やっぱり学校公開は入れましょう」

ナタリーさん達は盛り上がって、どんどんすごろくの原案を作ってくれた。みんなが手伝ってくれて、本当に助かる。私はほっと息を吐いた。

確かにこの発明品は発表会に出品するが、エミリアさんにやってもらいたいのだ。あのマス目に止まった時のエミリアさんの反応によって、これから彼女と話す内容が変わってくる。

『日本へ帰りますか？』

この質問の答えはどうだろう。私だったら「帰りません」と答える。だって、私はもうアリシアとしての人生が大切だ。

……エミリアさんはどうかしら？

日本に帰りたくて、この世界を日本のようにしたいから発明品を作っているかもしれない。

それとも、日本になんか帰らずに、前世の知識を活かしてお金持ちになって楽しんでいるだけかもしれない。

私が物思いにふけっていると、マチルダさんの元気な声が響く。

「できました!!　アリシア様、こちらの内容でいかがでしょうか？」

私は思考を止めて、みんなに話しかけた。

「まあ、ありがとうございます！」

するとナタリーさんが声を弾ませて答えてくれた。

「とても楽しかったです。それに、いつもマチルダさんにばかり負担をかけてしまっていたので、なにかお役に立てるならこんなに嬉しいことはございませんわ。ねぇ？」

ナタリーさんがイザベラさんとサマンサさんに同意を求める。

「そうですわ。やっと私達もお役に立てましたわ」

「本当によかった。それもこれもアリシア様の案があったからですけど。あの案を広げる作業はとても楽しかったです」

そう言ってナタリーさんは、別テーブルでカイル達と話していたミハイルさんを呼んだ。

「ミハイル様、こちらにいらしていただけますか？」

ミハイルさんが歩いてきて、驚いた様子で口を開く。

「なにかご質問でも？　えっ⁉　もうできたんですか？　この短時間で？」

「はい！　ただ、元々アリシア様が考えてくださったものに色々追加しただけなのです」

サマンサさんが原案をミハイルさんに差し出した。しばらくミハイルさんの紙を捲《めく》る音だけが響く。

「なるほど、これは確かに凄いです。新しい！　発明品といっても遜色《そんしょく》ありません」

そして、ふと不思議そうに尋ねてきた。

「あの、皆様、このニッポンとは？」

私が言い淀《よど》んでいると、イザベラさんがしれっと返事をしてくれる。

「ああ、それは外国のリゾートですの。そのままでお願いします」

ナタリーさん、ありがとう。私は感謝の気持ちを込めてナタリーさんに頷いた。

「そんな場所あったかな？」

腑《ふ》に落ちない様子のミハイルさんだが、結局納得してくれた。

「まぁいいでしょう。ふむ、こうなるのか！　うん！　これは素晴らしいです！　とても斬新で今までにないすごろくですよ。お嬢様方！　大発明です」

「「「「そうかしら？」」」」

「はい！　発明品発表会に出品後は、このすごろくの販売権を頂きたい！　これは売れます！」

声を弾ませてミハイルさんが言い募る。

「私達は構いませんが、恋愛すごろくの案はアリシア様が考えたのです。私達はそこに肉付けしただけですの。ですから販売権についてはアリシア様に一任させていただきますわ」

ナタリーさんが私の背に手を添えて、押し出す。

「アリシア様、どうでしょうか？　この女性向けすごろくの販売権を頂けますか？」

私は少し考えてからミハイルさんに返答した。

「私は構いません。でも、発表会に出品したものとはマス目の内容は変えさせてください」

「それは問題ないです。そうですね……アイデアだけを頂く形でいかがでしょう」

「それで結構ですわ」

後からカイルに「ちゃんと契約書を交わした方がいいよ」と言われたが、すごろくはエミリアさんの反応を見るために考案したので、発表会用のサンプルを作ってもらえるだけでよかったのだ。

「わかりました。いやーーまさかこんな凄いものができるとは、ありがとうございます！

これに追加して社交界編も作れば、王都でもバカ売れしますよ。平民が擬似恋愛で貴族と結婚できるんです。夢が叶うすごろくですよ」

ミハイルさんは興奮しながら立ち上がって、ナタリーさん達にイラストのイメージを確認すると、印刷の手配とコマや箱を作るために退出した。

興奮冷めやらぬというナタリーさん達のおしゃべりを聞きながら、私はほっと胸を撫《な》で下ろしたのだった。


発明品発表会当日、私は緊張の面持ちで会場に向かう。

昨日ギリギリまでかかった出品作の『すごろく』が手元に届き、ナタリーさん達に確認してもらって発表会に出品した。私の名前で出品してもよかったが、エミリアさんが警戒すると良くないので、今エミリアさんと仲の良いマチルダさんの名前を借りて出品することになった。

発表会の会場は沢山の人が集まっており、注目度の高さが窺《うかが》われる。

「アリシア！」

聞き慣れた声が背後から聞こえる。私は慌《あわ》てて振り向いて両手を差し出した。

「お父様？」

「そうだよ。今日の発表会で審査員を頼まれたんだよ」

「まあ、そうでしたの？　お父様ったら全然教えてくださらないんですもの」

「驚かせようと黙ってたんだよ」

パパさんの少しおどけた口調で緊張がほぐれる。

「アリシアも出品したのかい？」

「いいえ、お友達のマチルダさんが出しましたの」

「そうか……それは残念だな。お前は人とは見ている世界が違うのだから、別の視点で発明できるのではないかと思っていたんだがね」

パパさんが残念そうに呟いた。私が返事をしようとしたら、横から誰かが話しかけてきた。

「おぉ、これはこれはホースタイン公爵ではありませんか？」

初めて聞く声だ。なぜかパパさんは小さく舌打ちして私を庇《かば》うように立ち、愛想よく答える。

「おお、貴方でしたか。フレトケヒト男爵、お元気か？」

え？　フレトケヒト男爵ってエミリアさんの……？

すると、大ぶりなアクセサリーがジャラジャラと擦《こす》れ合う音が近づいてくる。

一歩一歩の足音が重く、やや息も荒いので、かなり太っているのかもしれない。

「お陰様で元気にしておりますよ。使っても使っても無くならぬ財産には少々飽き飽きしておりますがな。フォフォフォフォ」

「さようですか」

「おお、そちらが噂の御息女ですかな？　噂に違わず美しいもんですなぁ。身分は違えど、御息女と我が娘は仲良くさせてもらっているようで。我が娘は稀代の発明家ですからの。今日も生徒として初めて審査員を務めるのです。それに新しい発明品を披露《ひろう》するので、見に来いと言われましてな。天才の親も苦労しますなぁ、ハハハ！　このままでは噂通りカイル殿下も心変わりしてしまいますかな。いやーー申し訳ない」

フレトケヒト男爵の言葉に、パパさんの体がピシリと固まった。私がパパさんの服をクイクイと引っ張ると、パパさんはハッとして話し出す。

「いやいや、我が娘は至らぬところがありますからね。本当にエミリア嬢は優秀ですね。それでは、失礼」

パパさんは私の腕を引いて足早に歩き出す。すると、背後からフレトケヒト男爵の声が聞こえてくる。

「娘が王子の妃になれば、我が家は伯爵、いやいや侯爵くらいにはなれますかな？　フォフォフォ」

あまりに不躾《ぶしつけ》な発言に、私とパパさんが絶句したのは言うまでもない。

しばらく呆然としていると、発明品発表会が始まった。

司会の男性の声で開会が宣言され、学校長の挨拶が終わると、パパさんは舞台に呼ばれて行ってしまった。

そして、いよいよ出品作の紹介になった。次々と審査員の目の前で発明品が披露《ひろう》される。

声が変わる拡声器、魔力の消費を抑える魔道具等、バラエティに富んだラインナップとなっている。

発案者は、手に取って説明したり、実際に使ってみたりとかなりの時間をかけて紹介している。そして、とうとうマチルダさんの番になった。

マチルダさんは、緊張した声でエミリアさんにすごろくの説明をする。

「これは新しいすごろくです。今までにない女性向けのすごろくを発明しました！」

「女性向けのすごろく？　どんな感じなのかしら？」

早速エミリアさんの楽しそうな声が聞こえる。

「題名は『恋の大作戦』です」

「へぇ、面白そうね。マチルダさん、ちょっと一緒にやりましょうよ」

「いいですよ。やりましょう！　エミリアさん！」

マチルダさんはエミリアさんの誘いに二つ返事で応じて、席についた。

それから二人はこの新しいすごろくに夢中になった。

司会の男性も実況中継のようにそれぞれが止まったマス目の説明をするので、会場中ですごろくをしている気になる。実際、昨日一緒に考えたマチルダさんも面白くてやめられないようだ。エミリアさんも真剣にサイコロを振っていた。

「いやだわ！　私、今度はパーティに遅刻ですって！　一回休みだわ」

エミリアさんが悔しそうに叫ぶ。

「やった！　私は王様の許しが貰えました！　これで結婚まであと一歩です」

マチルダさんの得意げな声が聞こえる。

「さぁ、エミリアさんの番です。サイコロを振ってください」

「ええ、頑張るわよ。それ！」

「あぁ、エミリアさん、今度は『ニッポンへ帰る』ですね。帰りますか？」

「――っ！」

「……エミリアさん？」

マチルダさんは突然黙ってしまったエミリアさんに、訝《いぶか》しげに声をかける。

ついに『ニッポン』と書かれたマスに辿り着いた。私は固唾《かたず》を呑んで彼女の返答を待つ。

……エミリアさんは、なんと答えるのかしら？

「え？　エミリアさん、どうしたんですか？　涙が……」

その時、マチルダさんの驚いた声が響く。

「ど、どうしたんですか？」

マチルダさんが声をかけると、会場にバンッという大きな音が響き渡る。どうもエミリアさんがテーブルを叩いて立ち上がったようだ。

「帰れるものなら帰りたいわよ！　なんなのこれ？　もうやめよ！　早く持って帰って頂戴！」

エミリアさんは激昂して、そのまま会場を出ていってしまった。

「え？　どうしたんですか？　エミリアさん！」

マチルダさんの困惑した声と共に、会場がザワザワし始める。

私は突然の事態に、呆然と立ち尽くした。

「エミリアさんは泣いてしまったの？　帰りたいと泣いていたの？」

私は、想定していなかった反応に息を呑んだ。

〜・〜♥エミリアの気持ち♥〜・〜


エミリアは溢《あふ》れる涙を止めることもできず、闇雲に廊下を歩いていた。

周りから好奇の目を向けられたが、それに構う余裕はない。

——帰れるものなら帰りたい。

それがエミリアの本心だった。初めはワクワクした小説の世界は、全然思い通りにならない。

これが本なら面白くない物語はやめて、他の物語を読めばいいのだ。それなのにこんな世界に来てしまって、中断はできないし、楽しくない。

前世の小説の通りに行動したのに、他のキャラは全く違う動きをする。

父親の男爵は私を打ち出の小槌《こづち》と思っているし、他の家族も新しいドレスや宝石に夢中だ。

推しキャラのカイル王子は、悪役令嬢と仲が悪くなったが、私と仲良くなったわけではない。アラミックは怖いし、あまつさえ捕まってしまった。

夢なら覚めてほしい。できれば日本に、あの世界に、あの時に帰りたい。

そして、この本を閉じて違う本を開くのだ。

「もう、嫌。私はただの読者で、追体験してるだけなのに！」

エミリアは呟くと、自室の扉を乱暴に閉めた。

エミリアの部屋は男爵令嬢にしては豪華な一人部屋だった。エミリアはその部屋に置かれている大きなベッドに倒れこんだ。

きっとマチルダはアリシアからあのすごろくを貰ったに違いない。自分で仲良くしろと言ったのだからそれは仕方がない。少し冷静になってみれば、あの言葉はアリシアが入れたのだとわかる。

（日本だなんて！）

やはりアリシアは転生者なのだ。

そのことがはっきりとわかっただけでもよかったのかもしれない。

ただ、アリシアの目的はなんだろう？　やはりアリシアも私を転生者と疑っていて、それを確かめたかったのだろうか？

もし、そうならその目的は達成されたはずだ。だって日本へ帰るという言葉で泣き出したのだ。絶対にあの会場にアリシアはいたはずだ。

「そうしたら、私は悪役令嬢にやり込められるヒロインということ？　アリシア様はそれを狙ってる？」

この時やっとエミリアの心に危険信号が灯った。

このまま明日の晩餐会《ばんさんかい》で計画を実行すると、もしかするとヒロイン断罪イベントが発生するのかしら？　と青くなる。

その時、あのすごろくの箱の絵を思い出した。

エミリアの知らないキャラだった。もしかしたら前世では私が知らないだけで、この世界を題材にした別の物語があるのかもしれない。

この世界は自分が知っている物語の世界ではなくて、私は断罪されるキャラクターなのかもしれない。もしそうなら今はその物語の通りなの？　悪役令嬢が盲目なのも違う物語だから？

エミリアの頭の中は真っ白になった。

もうエミリアには、なにが正しくて、なにが間違っているのかわからなくなっていた。

今日まで、この世界を俯瞰《ふかん》した気分でいたのに。上手くいかないこともあるが、それもどこか他人事《ひとごと》だった。

しかし今、この世界が一気に目の前に降りてきたように感じる。

これまでの自分の言動は、全て決められた台本通りだったのかもしれない。今こう考えていることさえ、別の物語の文章なのかもしれない。

(——怖い)

先の見えない未来、真っ暗な闇の淵に立たされている気分だ。

エミリアは青くなった顔に手を当てて、震える声で囁いた。

「明日は……大丈夫なのかしら？」

アリシアの怒りを買うためのドレスを注意する計画も、念のためのカイル王子襲撃計画も、もう止めることはできない。

不安そうなエミリアの囁きが部屋の中に響いていた。


〜・〜◆前世への想い◆〜・〜


「それで『ニッポンへ帰る』と書かれたマス目で、エミリアさんが泣いてしまったんです。私、初めて彼女が本当に泣くのを見ました。嘘泣きならよく見ますが……」

マチルダさんはエミリアさんが退場した後、舞台から降りて私のところにやってきた。

そして、エミリアさんの様子を改めて説明しくれる。

「そうなのね。やっぱりエミリアさんは、私と同じなのね」

「え？　アリシア様、なんでしょうか？」

不思議そうに聞き返したマチルダさんに、私は「なんでもないの」と答える。しばらくすると、マチルダさんはナタリーさん達に報告するのだと行ってしまう。

私が考え込んでいる間も、帰ってしまったエミリアさんの穴を司会の男性とパパさんが一生懸命にカバーして、なんとか発表会は終了した。

元々順位を決めるものではなく、お互いに褒《ほ》め合うという趣旨なので、会は和《なご》やかに幕を閉じた。

ただ一人を除いて……。

エミリアさんが帰ってしまったので、エミリアさんの出品作が紹介されることはなく、そのことをフレトケヒト男爵が猛抗議している。しばらく大騒ぎした後、男爵は怒ったままドスドスと足音を立てて退場した。

彼が立ち去ると、会場はなんとも言えない雰囲気に包まれる。

父親があんな調子では、エミリアさんが実家を嫌う気持ちもわかる。今回だってエミリアさんを見に来たというよりも、天才発明家の父である自分を見せたいという印象を受けた。

「ふぅ、やっと帰ったか」

「お父様……お疲れ様です」

「全くまいったよ。あいつは招待されていなかったんだよ。勝手に押しかけて、騒いで、怒って。結局エミリア嬢の発明品が魔道具の犬だとわかると、怒って行ってしまったよ」

「まぁ」

「あんな態度じゃ、カイル殿下が言っていた通り、彼女は実家と仲が悪いのかもしれないね」

「はい」

私は複雑な気持ちを抱えながら、首肯した。

「アリシアはどうする？　まだ、カイル殿下とは不仲の設定なんだろう？　寮まで送ろう」

「ええ、ありがとうございます。お父様」

そうして、私達は会場を後にして寮まで一緒に歩いた。パパさんは明日の晩餐会《ばんさんかい》にも招待されているということで、今日は来客用のヴィラに宿泊するという。

パパさんと別れた後、一人になった寮の部屋でしばらく考える。

エミリアさんが『ニッポン』という言葉に反応したのなら、おそらく転生者で間違いない。

それにエミリアさんは感情を爆発させ、日本に帰りたいと言った。

私はいい。だって「転生したい！　生まれ変わりたい！」と願ったのだから。

でも、もしエミリアさんが望まずに転生し、そして十数年もの間、受け入れられないまま過ごしてきたとしたら。

……それは、たまらなく辛いことだわ。

だって生まれたことをずっと後悔するということだから。

それで、エミリアさんはこの世界を変えようと躍起《やっき》になっているのかしら？

少しでも日本に近づけようとしているのかもしれない。

やっぱり二人でゆっくり話したいわ。もっと早く、エミリアさんと話せばよかった……

「明日はなにもしないで、エミリアさん」

私の願いが虚《むな》しく響く。

明日なにもなくても、エミリアさんはアラミックさんの件もあるので、いつかは捕まってしまうかもしれない。それでも、彼女と二人で話す時間が欲しい。

一体どうしたらいいのかしら……

悩みは尽きないまま、晩餐会《ばんさんかい》前日の夜は更《ふ》けていった。

第七章　運命の晩餐会《ばんさんかい》

～・～♠アラミックの後悔♠～・～


「私の命が狙われているだと⁉」

ドアの前の見張り番が交代する時に、聞こえてきた内容を理解するとアラミックは呆然と天を仰《あお》いだ。

見張り番が話していたのは、祖国から届いた品物についてだった。

祖国では、アラミックこそ王に相応《ふさわ》しい、一緒に王位を狙おうと言ってくる輩《やから》が多かった。しかし、この国での失態を知り、今度は殺そうというのか。

(情けない……)

アラミックは味方だと思っていた奴等にとって、自分がただの駒にすぎないのだと気が付いた。しかも、扱いやすい愚かな駒だ。いらなくなったら処分できる程度の。

その時、カイルの叫びが脳裏に蘇《よみがえ》り、殴られた頬がズキンと痛んだ。

今まで王子、王子と持ち上げられて過ごしていたが、自分は国のため、民のためになにかしたことがあっただろうか？

いや、カイルの言う通り、王族としてなにをするべきかを考えたことがあっただろうか？

「私はいつも父上や兄上に不満を持ち、自分の能力が生かされない立場を嘆《なげ》き、その不満を誰彼構わずぶつけていただけだ」

だからこそ、いらなくなったら殺される価値しか示せなかった。自分でなければダメだと示せなかった。それを認めるのは辛いが、幸か不幸か近隣諸国に遊学したことで、少しは客観視できるような気がしていた。

カイルに殴られてから、彼の心からの言葉を聞いてから、いつもどこかモヤモヤと燻《くすぶ》っていた気持ちが消えた。

そして、今一番後悔しているのは――

「あんな女に乗せられるとは……バカなことをしたものだな。私は」

今となっては、エミリアが本当にカイルを王位につけたかったのかさえ疑問だ。ましてや自分が祖国で王位につくことを応援しているなどあり得ない。

冷静に考えると、エミリアに唆《そそのか》されてから今までの状況全て、無理があったとしか言いようがなかった。

「もう、なにもかもが遅すぎるな」

アラミックは唾棄《だき》し、部屋のソファにドカリと腰を下ろした。

「そういえば明日は学校の晩餐会《ばんさんかい》か。あのまま過ごしていれば、カイル達と馬鹿な話をしながら笑って参加していたかもな……」

カイルはアラミックにとって唯一、心を許せる友だった。

自分の素性を自ら打ち明けることはできなかったが、似たような立場のカイルには常に親近感を抱いていた。優秀だが飾らない彼の人柄も好ましく思っていた。

だが、彼との友情を、自分の過《あやま》ちのせいで台無しにしてしまった……。

失ったものの大きさにため息しか出ない。

「晩餐会《ばんさんかい》……か。晩餐会《ばんさんかい》。――っ、そうだ！　晩餐会《ばんさんかい》だ！」

アラミックは唐突に、捕らえられる前にエミリアが話していたことを思い出した。

詳しく話を聞く前だが、エミリアは晩餐会《ばんさんかい》でカイルを襲撃すると言ってなかったか？

自分がカイルを襲う計画を話した時はあんなに驚いていたのに、今度はエミリアがそう言ったことに違和感を覚えたのだ。

あの計画は自分が捕らえられたことでなくなったとは思うが、説明を担《にな》っていたフレトケヒト男爵は捕まっていない。

アラミックはソファからガバリと立ち上がり、ドアを内側からドンドンと叩いた。

「おいっ、大変なことになるんだ！　カイルに、カイル王子に危険が迫っている！　誰か！」

アラミックはようやく自分が今やるべきことを、友のためにできることをするのだと強く思った。

「まだ、間に合う。間に合ってくれ！　カイル！」

そして、自分を友と呼んで本気で怒り、心配してくれたカイルのために、アラミックは全てを話すと心に決めた。


〜・〜◆晩餐会《ばんさんかい》の朝◆〜・〜


とうとう晩餐会《ばんさんかい》の朝を迎えた。昨日は遅くまでエミリアさんのことを考えてしまって、なかなか寝つけず、まだ少し眠い。

今朝早くカイルから通信が入り、私達はマクスター先生の教室に集まった。

「なぁ、カイル。昨日大体話しただろう？　なんだってこんなに早く呼び出したんだ？」

同じくカイルに呼ばれたエリックさんが、眠そうにカイルに尋ねた。

「そうですね。それは私も知りたいです。昨日のすごろくを大量生産することが決まったので、忙しいんです。契約がなければここには来ていませんよ」

ミハイルさんがノートになにかを書きつけながら、「原価計算が間に合いません」とブツブツ言っていた。その他、カーライルさんとマクスター先生もいるようだ。

「みんな、朝早くからすまない。ちょっとまずい事態が発生したんだ。昨日、フレトケヒト男爵が来ていたのを知っているか?」

「ああ、いたな」

「どうも、なにかを企《たくら》んでいるらしい。会場でホースタイン公爵にエミリアを僕の妃にとほざいていたんだが、どうも僕達の不仲の噂を聞いたらしくてね」

「「え?」」

「アリシアさえいなければと言って王都に帰って、その後の足取りが掴《つか》めない」

苦々しく語るカイルに続いて、マクスター先生が慌《あわ》てた調子で話す。

「そうなんです! 先輩に頼まれてフレトケヒト男爵を監視していたんですが、王都に入った途端に行方《ゆくえ》がわからなくなりました。今までも裏で結構悪どいことをやっていたようなので、カイル殿下にお知らせしたんです」

「とにかく、今日は警備を厳重にしてくれ。アリシアも絶対に一人にはならないように！」

「「「わかった」」」

「わかったわ」

カイルの言葉に、みんながそれぞれ了承する。

「エリックはこのことを騎士団長に知らせてくれ！」

「承知した！」

「カーライルはホースタイン公爵と君の父上に！」

「了解」

エリックさんとカーライルさんが足早に教室から出ていく。

「私は男爵家の周りを少し確認してみます。すぐに戻りますので」

ミハイルさんも二人を追うように教室を後にした。そして、残った私とカイルとマクスター先生は今後について話す。

「カイル殿下、アリシア嬢、本当にすみませんでした。まさか男爵があんなに素早く動くとは……」

マクスター先生が口惜《くちお》しげに言う。

「アリシア、万が一にも危険のないよう細心の注意を払うんだよ。もし、君になにかあったら、僕はなにをするか自分でもわからないんだ」

カイルはそう言うと私を強く抱きしめた。

今日はエミリアさんの行動だけではなく、男爵の動きにも気をつけなければならなくなった。

「わかったわ。なんだか今日は大変な一日になりそうね」

カイルは計画に変更はないと言っているが、男爵のことが気がかりだ。

「カイル……。本当に計画通りで大丈夫かしら？」

エミリアさんの常識ではどうだか知らないが、男爵令嬢が公爵令嬢かつ第五王子の婚約者に対して公衆の面前で恥をかかせるのだ、侮辱罪《ぶじょく》はそれで十分に成立する。そこから全ての罪が芋づる式にあらわになるはず。

しかし、本当に上手くいくのだろうか……心の中で不安が膨らむ。

「不安はあるよ。でも、今日動かないと、これから先もまた君の周りで不審なことが起こるかもしれない。それに第二のアラミックを作りたくないんだ」

今日、なにかが起こることは間違いない。そして、それはエミリアさんを止めるチャンスだ。しっかりしなくては……！

私はカイルの言葉に大きく頷き、気合を込めて両方の頬をバチンと叩いた。

「そうね、乗り越えましょう！」

「ああ、僕も最善を尽くすよ」

私達はしっかりと手を握《にぎ》り合う。

しばらくするとエリックさんとカーライルさん、そしてミハイルさんが戻ってきた。

「みんな、ご苦労様」

「ああ。でも、もう私達にできることはないな」

「だな」

私達は一旦男爵の件を話すのをやめて、今日の晩餐会《ばんさんかい》の話題に移る。

「今日は計画通り、エミリアがアリシアを注意した時点で侮辱罪《ぶじょくざい》で糾弾《きゅうだん》する。それで問題ないかな？　もちろん僕達はただの生徒だから別室に連れていくだけだが」

カイルがみんなに向かって話す。

「ああ、大丈夫だ。いざという時のために父上に騎士を数人手配してもらって、学校の警備に紛れてもらっている。騎士が証人だったら言い逃れはできない」

エリックさんが現状を説明する。

「ありがとう、完璧だよエリック。カーライルとミハイルはナタリー嬢にも協力してもらって、他の生徒に害が及ばないように、さり気なくアリシアとエミリアの周りから生徒を引き離してくれ。もし、他の生徒がエミリアに同調したら、その生徒まで捕縛しなくてはならないからな」

「はい、わかりました」

「ああ、そうだな」

「……あとはエミリアがきちんと予定通りに行動してくれるか」

「カイル殿下。もし、エミリアが行動を起こさなかったらどうなるんですか？」

　ミハイルさんが尋ねる。

「残念ながら、捕縛はできないし事情聴取もできない。エミリアについては本当に証拠がないからな。あるとすればマチルダ嬢の証言のみだな。黒に限りなく近いグレーで終わるよ」

「そんなもんなんですね。エミリアも上手くやったものです。だからこそ私は少し疑問なんです……本当に今日だけ行動を起こすのかと」

　ミハイルさんが心配そうに話した。

「私もミハイル様と同じですわ。もっと前に、きちんと色々な話をしておくべきだったのではないかと思っております。皆様にご迷惑をおかけしてしまって……」

「それは君が気にする必要はないよ。アラミックを巻き込んだ時点でことが大きくなってしまったんだ。捕まるのも時間の問題だ。エミリアの自業自得だよ」

カイルが慰《なぐさ》めてくれるが、それでも、私はエミリアさんともっと早く話さなかったことを後悔した。

その後、私達は解散した。昼近くになっていたので、晩餐会《ばんさんかい》の準備に取り掛からねばならない。不安要素は多いが、ここまできたらもう腹を括《くく》るしかない。

自室に戻った私は、湯浴《ゆあ》みにマッサージにとケイトに言われるままに忙しく過ごしていた。

「ケイト！　痛いわ！」

「アリシアお嬢様、我慢してください。日頃あまりお肌のお手入れをなさっていないのですから。こういう時にしっかりとマッサージしなくては、輝くようなお肌になりませんわ」

ぎゅうぎゅうと全身をマッサージするケイトに悲鳴をあげながら、私はベッドの上をのたうち回っていた。

マッサージが終わると、ドレスを身につける。

「素晴らしいですわ！」

ケイトの感嘆した声に、私は「本当に？」と首を傾げた。

見たこともない自分自身の格好には興味はない。

ただ、今回のドレスは超人気デザイナーのマダムが制作しただけあって、とても着心地が良い。

滑るような手触りと、体にぴったり合ったデザインで動きやすい。いつものドレスよりも軽く感じる。

「流石《さすが》お母様のお勧めね。凄く着心地が良いわ」

「はい！　やはりあのマダムに任せてよかったですわ。とても良くお似合いでございます！」

「ありがとう。ケイト」

「とんでもございません。ですがここまで完璧なお嬢様の装いを、本当にエミリア様は非難なさるのでしょうか？　賞賛でしたらわかりますが……」

「さあ……どうかしら」

私はエミリアさんに思いを馳《は》せる。

「ねぇ、ケイト。侮辱罪《ぶじょく》というのはどの程度の罪になるのかしら？」

「そうですね。今回のケースでは最下位の男爵家から最上位の公爵家への侮辱罪《ぶじょく》ですので、かなり重くなる可能性が高いです。更にお嬢様はカイル殿下のご婚約者ですし。……しばらくは拘束されるのではないでしょうか。もしかすると、ご実家は取り潰《つぶ》されるかもしれません」

「そう、結構重い罪なのね」

思ったよりも厳しい罰が下るみたいだ。戸惑いを覚えずにはいられない。

「それにこのことが元になって、カイル殿下との噂やお嬢様への暴行、アラミック様への教唆《きょうさ》などが明らかになった場合、もっと重い罰が下るはずです」

ケイトは私と話しながらも、作業する手は止めない。最後の仕上げに髪をアップにまとめると、髪飾りを差し込んだ。

今日のエミリアさんの行動次第で、彼女の将来が変わってしまう。

エミリアさんが捕縛される前に、二人で話す方法はないかしら。もし、エミリアさんが自首や自白をしてくれれば、罪が軽くなるかもしれない。

自己満足かもしれないが、そうしなければきっと私は後悔する。そんな気がしてたまらなかった。

「できましたわ。完璧でございます！」

「ありがとう、ケイト」

色々と考えたが、なにもいい案が浮かばずに晩餐会《ばんさんかい》の用意ができた。

そして、ケイトが私の手を取っていつもの防御魔法をかける。

「お嬢様が安全に過ごされますように！」

ケイトの温かな魔法が全身を包む。すると、珍しくマリアまで私の手を取った。

「今日は私も上掛けさせてもらう」

そう言うと、マリアの力強い魔力が加わって私の体を包んだ。

「あ、ありがとう、二人とも」

「とんでもございません。お嬢様」

「ああ」

いつもより気合の入ったケイトの魔法と、普段あまり話さないマリアがかけてくれた力強い魔法を感じて自然と笑顔になる。

ここには私を心から心配してくれる人がいる。それだけで心の中がふんわりと温かくなるのだ。

これから始まる晩餐会《ばんさんかい》でなにが起こるかわからないが、今この瞬間は、その緊張も少し薄らぐのだった。

晩餐会《ばんさんかい》が始まる少し前に最後の合同会議が開かれた。

生徒達は晩餐会《ばんさんかい》の準備で忙しく、学校内は閑散《かんさん》としている。

「みんな、よく集まってくれた。特にレディのみなさんは用意が大変だろうに、本当にありがとう」

まずはカイルが挨拶をした。それに続いて、今度はカーライルさんが説明を始める。

「それでは今日の計画を最終確認させてもらうね。今日の計画の目的は、エミリアをアリシア嬢への侮辱罪《ぶじょくざい》で捕縛すること。それによって、その他も明らかになると考えている。アリシア嬢以外は先に会場入りしてほしい。会場は前室と広間に分かれている。広間には晩餐会《ばんさんかい》用のテーブルが並んでいるから、できればエミリア達には前室で行動を起こしてほしいと思っている」

カーライルさんの説明に「はい」という声が聞こえる。

「あ、それなら大丈夫です。私はエミリアさんと行動を共にする予定ですので、上手く前室に留まるように誘導します」

マチルダさんの声にカーライルさんが「よろしく頼んだよ」と答えた。すると、再びカイルの声が聞こえる。

「ただ、一つ懸念事項が発生してしまったんだ。これからマクスター先生から話してもらうが基本、計画に変更はない」

カイルの後ろからマクスター先生が情けない声で説明を始める。

「えー、みなさん、先に謝っておきます。昨日の発表会後に不審な動きをしたフレトケヒト男爵を途中で見失っちゃいました。ははは」

「「「え⁉」」」

軽い感じのマクスター先生の説明に、カイルが付け足す。

「みんな、落ち着いてくれ。このことは既にホースタイン公爵に報告済みだ。あちらはあちらで動いてくれている。こちらはこちらで計画を実行しよう。ただ、男爵のターゲットもまたアリシアである可能性が高い。くれぐれも注意してくれ」

「「「わかりました」」」

「……あの」

私はおずおずと手を上げた。

「どうしたんだい？　アリシア？」

カイルが優しく尋ねる。私はスッと立ち上がり、その場にいるみんなに顔を向ける。

そして、深々と頭を下げた。

「皆様、今回はご協力いただきありがとうございます。皆様がいつも見守っていてくださったので、私はこの学校で頑張ってこられたのだと思います。……ただ、一つだけお願いがありますの」

私は勇気を持って話す。

「あの、エミリアさんと……二人きりで話がしたいのです。会場に入場後、少しの間行動せずに待機していただけますか？」

「少しの間とは？」

エリックさんが確認した。

「五分でいいのです。私と話すことで、もしかすると抵抗せずに、大人しく罪を認めてくれるかもしれません。お願いします」

私は再度、深々と頭を下げた。

「アリシア様！　頭をお上げになってください！　アリシア様はエミリアさんに自首をお勧めになるということですか？」

ナタリーさんが慌《あわ》てたように話す。

「はい。アラミック様の件もありますから、無実にはならないとわかっております。でも、自首すれば罪も多少は軽くなるでしょうし……」

「私はアリシア様に賛成です。やはり無理やり捕縛されるよりは、ずっとましだと思います」

マチルダさんの心強い後押しに涙が滲《にじ》む。

「マチルダさん、ありがとう」

「そうですわね。折角《せっかく》の晩餐会《ばんさんかい》ですもの。穏便にできればそれに越したことはないですわ。ねぇ？　イザベラさん？」

「ええ！」

サマンサさんの答えに、イザベラさんも頷いたようだった。

心優しく、そして私を信じてくれる友達。彼女達の思いが嬉しくて、満面の笑みを向ける。

「皆様、ありがとうございます！」

「では、エミリアが行動を起こしても、起こさなくても五分間は静観する形でよろしいですか？」

ミハイルさんはなにかにメモを取る音を響かせながら、冷静な声で確認した。

「「「ああ」」」

「「「はい」」」

カイル達も同意してくれた。

ギリギリだったけど、なんとか時間を作ることができた。私は胸に手を当ててふぅっと息を吐く。

そうして合同会議は終了した。会議が終わると、ナタリーさん達がワッと私の周りに集まった。

「アリシア様！　本当に気をつけてくださいね？　本当は私も心配です。もちろんアリシア様の優しい気持ちはよくわかるのですが、もしエミリアさんがなにかしたらと思うと気が気ではございませんわ！」

ナタリーさんはそう言うと、私の手を取ってスルリと撫《な》でた。すると、彼女の防御魔法が温かく私を包んだ。

「私も！」

今度はサマンサさんが手を取って防御魔法を、次はイザベラさん……と、次々と私に防御魔法を上掛けしてくれる。

「あ、ありがとうございます。皆様」

「アリシア様、私からもお礼を言わせてください。決してエミリアさんの味方ではないのですが、やはり目の前で暴れて、抵抗して、捕縛されるところは見たくありません。アリシア様の優しさに感動しました」

そう言って、マチルダさんも私に防御魔法をかけてくれた。

令嬢達が疑われないようにバラバラに立ち去ると、今度はミハイルさんが話しかけてきた。

「アリシア様、すごろくの販売権をご了承いただきありがとうございます。これは感謝の気持ちです」

ミハイルさんも私の手を取り、なんと彼まで防御魔法をかけてくれる。

「ミハイル様」

「これからも、どうぞご贔屓《ひいき》に！」

驚く私に、ミハイルさんは明るく言って去った。

「しょうがないな、あいつは」

今度はエリックさんの声が聞こえてきた。彼も私の手を取り、手の甲を二回ポンポンと軽く叩く。

「アリシア様。今日は全身全霊をもって、騎士としてお守りします」

彼は真剣な声音で言い、それから騎士の敬礼をとったようだ。

「よろしくお願いします。エリック様」

続いてふわりと優しくハグされたと思ったら、カーライルさんから温かな魔力が流れてきた。

「アリシア嬢、いや私の従妹姫。君がやりたいようにやるといいよ。私はいつでも君の味方だよ」

「カーライル様、ありがとうございます！」

「でも、気をつけるんだよ？」

カーライルさんは兄のように優しく注意して、退出した。残ったのはマクスター先生とカイルと私だ。

「まぁ、ここは私がいなくなるべきですかね。先輩には怒られそうですが……」

マクスター先生は、私に小さなコイン型のなにかを手渡した。

「防御魔法はもう十分にかかっているようなので、私はお守りを渡しましょう。精神感応魔法への防御に特化したお守りです。身につけておいてください」

そう言って、自分の教室にもかかわらずマクスター先生も退出していった。

そうして私とカイルの二人がその場に残った。

「……えっと、みんな凄いな」

誰もいなくなった教室で、カイルが私に話しかける。

もちろん護衛やケイトはいるはずだが、気配を消しているのかよくわからない。

「みなさん、私が防御魔法をかけられないから心配してくれたのね。今は最強な気分だわ！　だってみなさんの気配に守られているんですもの」

「ああ、その通りだね」

カイルが優しく答えたと同時に、私の手を取って引き寄せた。いつもと違い、少し強引で力強いカイルの腕に緊張しながらも、しっかりと抱きしめ返す。

「アリシア、本当のことを言うと、君の提案は認めたくなかった。エミリアと話したいというのはわかるが、危険すぎる」

そして、カイルは一層強く私を抱きしめる。

「でも、僕は君が転生者としてエミリアと向き合いたいと思っていることもわかっているつもりだ。だから五分。本当に五分間だけ我慢するよ。でも、もしエミリアが君に危害を加えようとしたら、僕は待てない。それだけはわかってほしい」

カイルの気持ちも十分にわかる。私はしっかりと頷いた。

「ありがとうカイル。私もわかってはいるのよ。これは私の我が儘。ナタリー様達は自首を勧めると思ってくれたけれど、そうできたらもちろん嬉しい……でも、大部分は自己満足な気がするの。ううん、私はなぜエミリアさんがこんなことをしたのか、知りたいだけなのかもしれないわ。それでもいいから二人で話してみたいの」

「うん。わかってるよ」

カイルは私の顎《あご》に手をかけて、少し上を向かせると優しいキスを落とす。カイルから感じるのは深い優しさだ。そして、彼の優しく力強い防御魔法が私の隅々にまで行き渡るのを感じる。

――私はカイルが好き！　大好きだわ！

私も拙《つたな》いながらも精一杯キスに応《こた》える。しばらくして、名残惜《なごりお》しげに唇が離れていった。

「アリシア、大好きだ。愛してるよ」

「私も大好きよ。カイル」

心から愛情を込めてカイルに伝える。彼は照れ臭そうに笑った後、私の手になにかを握《にぎ》らせた。

「僕ができる防御魔法は完璧にかけたよ。これは君の意思で使ってほしい。防音結界を使えない君のために、マクスター先生に作ってもらったんだ」

「これはなに？」

触ってみると、細い筒の上に小さなボタンがついたブローチだ。

「君が転生者だと教えてくれた時、エミリアと話したいと言っていただろう？　だから前から先生に相談していたんだ。このボタンを押せば、君の周りに防音の結界が張られる。もし、前世の話をエミリアとしたかったら、彼女の手を取ってからボタンを押すんだ。そうすれば君が触れている者も、結界に含まれるようになっている。時間的にそれ程長くはもたないけどね」

「凄いわ。先生は本当に天才なのね。でも、カイルがこんな素晴らしいものを考えてくれるなんて……ありがとう！　なによりも嬉しいプレゼントよ！」

早速、カイルから貰ったブローチ型の魔道具を、ウエストの少し下部分に取り付けてもらった。

「うん、大丈夫そうだね。それと、バタバタしてしまってまだ伝えてなかったね。……今日の君は輝くような美しさだよ。そのドレスもあの男が作ったとは思えないくらい、よく似合ってる。このまま離したくないくらいだ」

「……カイル」

「君は僕にとってかけがえのない女性なんだ。少しお転婆《てんば》だけどね。でも、素直に守られてくれない君のことも大好きなんだ。だから、僕がどんな時も君を守れるようになってみせるよ」

「ありがとう、カイル」

そうして、私達は晩餐会《ばんさんかい》へ向かった。

〜・〜♥エミリアの決意♥〜・〜

もう少しで晩餐会《ばんさんかい》に行く時間になる。

エミリアはこの日のために仕立てたドレスを身に纏《まと》い、鏡の前に立っていた。今日ばかりは着つけとヘアセットのために侍女を実家から呼び寄せて、着替えを手伝ってもらう。

「お嬢様、お支度が終わりました」

「ご苦労様、もう帰っていいわよ」

「はい。ですが男爵様よりお手紙を預かっております」

「手紙？」

エミリアは昨日の発表会の後のことを思い出す。

夜になって父親に呼び出されたのだ。気が付かなかったが、昨日の発表会に来ていたらしい。

全くあの計画があるのだから、直接会うなんて危険すぎると思ったが、行かなかったら勝手に色々やりそうで怖かったから、仕方なく応接室に向かった。

まずは私の発明品に対する文句から始まった。

私が退出したことで発表されなかったことを怒り、発表するはずだった発明品が魔道具の犬であるとわかると更に文句をつけてきた。もっと国中に売れる、それこそ通信機のような発明品を作れということらしい。

そして、とうとうあの件についてもペラペラと話し出したのだ。

アラミック達が捕まったのに、危機感がないのだろうか。

父親はカイル王子を襲うと、どうして仲良くなれるのかと今更な質問までしてくる。

モブはモブらしく、言われた通りに動くだけでいいのに。

エミリアがなにも答えないと、なぜか父親は王子妃になれと言いながら帰っていった。

「あの男は本当に計画通りにしてくれるのかしら？」

エミリアは侍女が持っている手紙を確認する。

そこには計画は実行される予定だということと、新しい発明品のアイデアを寄越すようにと書かれていた。結局、暴漢達の手配もタダではなかったのだ。

「わかったわよ。そこの紙を取って頂戴」

侍女から紙を受け取り、サラサラと昨日の魔道具の犬の設計図を書き記す。

「はい、これでいいでしょ！」

「確かにお預かりしました。では失礼します」

フレトケヒト男爵家の者は、みんなどこか冷たい。

エミリアが子供の頃は、使用人も家族のように笑っていたはずなのに……そんな関係はお金と引き換えになくなってしまった。

今の侍女も、エミリアのドレスを似合うとも似合わないとも言わず、淡々と作業をこなして帰っていった。

エミリアは諦めたように鏡に映る自分を見つめる。

そこには、金髪に青い瞳の少女が不安そうに佇《たたず》んでいる。

決して黒髪黒目の日本人には見えない。肌の色も透き通るように白く、顔立ちも彫りが深く鼻も高い。どこからどう見ても日本人ではあり得ない造形だ。

エミリアは鏡を見るといつも抱く違和感を、今日も覚えずにはいられなかった。

「本当にこの子が私なのかしら？」

もちろんエミリアが手を上げれば、鏡の中の少女も同じ動きをするのだから自分だと理解はしている。しかし、どうしても自分には思えない。

エミリアがいつも思い浮かべるのは、二十七歳の背が低く、痩《や》せている黒髪黒目の女性なのだ。

「この子があのアリシア様に注意するの？　こんなに不安そうにしているのに？」

エミリアは未だに自分が今日、どう行動するべきなのか決めかねている。

でも、自分がアリシアを怒らせられなかったら、暴漢達がカイル王子に襲いかかるのだ。

その攻撃の前に立ち塞がって、軽く怪我《けが》をする。

「でも、もうやるしかないのよね。それしかストーリーを進める方法がないんだもの。大怪我《おおけが》にならないように、マチルダさんにも私の守護を頼んであるし大丈夫よね。もしストーリーが行き詰まってしまったら、私はヒロイン失格になるのかしら？　そうなるとどうなってしまうの？」

エミリアは不安げな少女の頬をパンと叩くと、もう鏡には目もくれずにドアに向かう。

未知ほど怖いものはない。だから、今までのように自分の知っている道を歩くしかない。

（やるしかないわ）

エミリアは、覚悟を決めた。

〜・〜◆アリシアとエミリア◆〜・〜

私はカイルより少し遅れて晩餐会《ばんさんかい》会場にやってきた。

既に中では、カイル達の声が響いている。

「カイル、このドアの辺りが手薄なんだ。誰か回せるか？」

「ああ、騎士団以外にも学校の警備員を回してもらっているよ。彼等に任せよう」

「助かる。ちょっと説明してくるな」

「よろしく頼む」

「カーライル！　公爵からなにか連絡はないか？」

「それが通信が全然繋がらないんだ。さっきからかけているんだけど」

「そうなのか？　なにもなければいいが。外務大臣もか？」

「ああ。男爵の方に動きがあったのかもしれない」

「まぁ、慌《あわ》ててもしょうがない。僕達はこちらに集中しよう」

「わかった」

あまりに忙しそうな様子に、私は声をかけそびれてその場で立ち尽くした。

――ドンッ。

その時、突然肩になにかがぶつかった。

「キャッ」

「あら、こんなところで立ち止まっていたら危ないですわ」

「エミリアさん……」

「まぁ！　アリシア様でしたの？　気が付きませんでしたわ。申し訳ございません！」

「絶対気付いてたでしょ！」と言いたいのを我慢して、私はくるりとエミリアさんを振り向いた。

私達は久しぶりに向かい合った。

「アリシア様！　貴女はここをどこだとお思いですか？」

早速エミリアさんが話しかけてくる。

「嫌だ、怖い顔。ここは晩餐会《ばんさんかい》よ。そんな派手なドレスで来る場所ではなくってよ！」

周りからもザワザワした声が聞こえてくる。

私はもう元には戻れないと、手を引くケイトの手をギュッと握《にぎ》った。ケイトも手を握《にぎ》り返して、私をエミリアさんがいる方へ押し出してくれる。

私はお腹に力を入れて、エミリアさんに声をかけた。

「貴女は一体なにを仰《おっしゃ》っているの？」

「な、なんて図々しい！　貴女のドレスは場違いだと教えて差し上げているのよ！　本当にどこまでも恥知らずな方ね。公爵令嬢が聞いて呆れるわ」

周りからは驚きの声が響く。彼女の発言は私に対する立派な侮辱《ぶじょく》だ。

しかも、ここは廊下の片隅でも寮の談話室でもない公《おおやけ》の場なのだ。

私はクイッと顔を上げてエミリアさんを誘い出す。

「こちらにいらして！　貴女に貴族のルールというものを教えて差し上げるわ」

この挑発に乗ってエミリアさんが前に出てきてくれないと、彼女の手を掴《つか》むことはできない。カイルがくれた魔道具を使えない。

「いい度胸じゃない！　貴女みたいな、性悪な方に教わるルールがあるとは思えないけどね」

エミリアさんの大きな声が響いている。

私はその声を頼りに大きく一歩前に踏み出して、彼女に手を伸ばした。

「なにするのよ！」

エミリアさんに触れた瞬間、私はカイルから貰ったブローチのボタンを押した。

――バチッ。

魔道具が作動して、周りから音が消えたことを確認する。与えられた時間は五分間だ、もたもたしている暇はない。私はすかさずエミリアさんに話しかける。

「貴女は転生者よね？　一体なにをしているの！」

突然の私の剣幕に、エミリアさんは戸惑ったように答えた。

「なにって……貴女だって転生者じゃないの！　この悪役令嬢が！」

「え……なに？　私は公爵令嬢よ？」

「なにじゃないわよ！　あんたは悪役令嬢でしょ！　ちゃんと物語の通りに行動してよ！　貴女のせいで予定が狂いっぱなしなのよ！」

「ものがたり？　どういうこと？　あくやくって？」

そこで、エミリアさんは流石《さすが》におかしいと思ったのか恐る恐る聞いてきた。

「ねぇ、『王妃への道』って知ってるわよね？」

「『王妃への道』？　やっぱりエミリアさんは王妃になりたいの？」

「違うわよ！　『王妃への道』よ？　小説の！」

「小説？　そんなの知らないわ。なに？　それはタイトル？　図書館に置いてあるのかしら？」

私は図書館にある本が重要なのかと思いを巡らせた。

「違う、違うの！　この世界の小説じゃなくて……。日本で流行ってたじゃない？　ネット小説から書籍化されたはずよ？　知らないの？　ねぇ、本当に？」

「ネット小説？　あの、ごめんなさい。私前世ではアナログ人間だったから、パソコンとかネットとかよくわからないのよ」

「そ、そんな、悪役令嬢があの小説を知らないなんて！　そんな馬鹿な！　ここはあの世界じゃないの？　そ、そんな……」

「エミリアさん？　大丈夫？」

突然黙ってしまったエミリアさんの手を、ポンポンと叩いてみた。

「そんな……馬鹿な……アリシアは悪役令嬢じゃないの？　私はヒロインじゃないの？」

「ごめんなさい。その悪役もなんのことかわからないわ。ねぇ、貴女は一体この世界でなにをしたいの？　それが知りたいのよ」

「なにって……も、物語の中を体験しているだけじゃない。あんたも私もただの登場人物じゃない。決まった言葉を話し、決まった行動を取るべきキャラクターでしょう？　上手くできないと排除されるんでしょ？　ねぇ、違うの？　私が間違ってるの？　ねぇ？　教えてよ！」

エミリアさんに腕を引っ張られた瞬間、五分が経ったのか、防音結界が解かれ周りの声が聞こえてきた。それと同時に、切羽詰《せっぱつ》まったカイルの声が聞こえる。

「ア、アリシアー！」

「カイル？」

今度はエミリアさんが叫んだ。

「攻撃魔法⁉　早過ぎるわ！」

「え？」

私は全く状況がわからず、エミリアさんの腕を掴《つか》んだ。

「エミリアさん、説明して！」

すると、エミリアさんが呆然と説明を始める。

「突然男が現れて、カイル王子が駆け出して……。その男がこちらに……こちらに向かって……」

「エミリアさん？」

「こちらに向かって、攻撃魔法を撃とうとしてるのよ！　なんで私達を攻撃するのっ？　ターゲットが違うじゃない！　やだ！　マジで撃つ気だわ！　話が違うわ！　あんなのが当たったら大怪我《おおけが》よ！」

エミリアさんは慌《あわ》てたように身を屈《かが》める。

「ちょっと！　あんたも危ないわよ！」

私はエミリアさんにグイッと引っ張られて、無理やり床に倒された。

「やめろ！」

カイルの声が聞こえてくる。

「離せ！　あの女を……あの女をやらないと！」

男の必死な声が聞こえてきた。

「やめろ！　撃つな！」

カイルの叫び声と共に、もの凄い圧力が部屋全体にかかった。

ドアの辺りに現れた男をカイルが止めていて、私はエミリアさんに床に引き倒された。

私達の近くにはエリックさんやナタリーさん、そして護衛の騎士が大勢いる。

その状態での攻撃魔法なのだ。これは誰が見ても危機的状況と言っていい。

それでも、私は怖くなかった。怖いと感じなかった……

なぜなら……私ならみんなを守れるからだ。

いつも誰かに守ってもらっていた私が、今度はみんなを守る！　守ってみせる!!

私はエミリアさんの手を振り払って立ち上がると、息を深く吸って両手を広げた。

「みんな！　伏せて！」

「え？　ちょっとなにする気よ!?」

慌《あわ》てて私の手を引こうとするエミリアさんを振り切り、私は男がいる方に体を向ける。

私の声にバタバタと周りの人が動く気配がした。

私はドンドン大きくなる攻撃魔法の気配に呼応するように、願いを込めて精一杯の魔法を放つ。

それは攻撃魔法ではない。攻撃魔法を包むように、私が発現できる最大の防御魔法をぶつけたのだ。

襲撃事件の後、ひとりぼっちの時間を魔力制御に費やした。

その甲斐《かい》あって、魔力を完全に制御することはまだ難しいが、きちんと発現させることはできるようになった。

誰もが恐怖を感じるほどの魔力を使い、男の攻撃魔法を優しく包み込んだ。

——シュルルルラララ。

こちらに向かっていた攻撃魔法が、私の防御魔法に包まれて、どんどん小さくなって消滅する音が聞こえる。

そして、沈黙が会場内に落ちた。

「ア、ア、アリシア?」

カイルの困惑しきった声が聞こえる。

「え?　なに?　なにが起こったの?　攻撃魔法は?　どこにいったの?」

エミリアさんが呆然と呟いた後に、バタンという音が聞こえる。

「嘘だろ……攻撃魔法を相殺したのか?」

エリックさんの驚きの声も、カーライルさんの「そんな馬鹿な」という呟きも、全て私の耳に入ってくる。そして、最後に聞こえたのは、背後からの歓声だった。

「ワーーー！」

「凄い！　凄いわ」

「流石《さすが》、アリシア様は違うのよ！」

「私達を守ってくれたのよ！」

恐怖の対象だった私の魔力が、今度は賞賛される。

私は溢《あふ》れんばかりの歓声に包まれながら、身体から力が抜けるのを止められなかった。

崩れ落ちる直前、カイルの力強い腕に抱きとめられる。

そして、どこからかパパさんの叫び声が聞こえた気がした。

「アリシア！」

「――っ！」

やっぱりパパさんの声だわ。パパさんの足音が勢いよくこちらに近づいてくる。

「アリシア？　大丈夫かい？」

心配するパパさんに笑みを向け、ゆっくりと体の向きを変える。

しかし、手足に力が入らず、どうしても立ち上がることができなかった。

「はい……怪我《けが》はないのですが、体に力が入りません」

「それはそうだよ。あれだけの魔力を放出したんだ。魔力不足なんだよ」

カイルが怒った声で答えた。

「カイル？」

「危なかったよ。攻撃魔法の前に飛び出すなんて無茶だ！」

「ごめんなさい。で、でも、みなさんの防御魔法のおかげね。私は大丈夫よ」

「大丈夫なものか！　実際今、魔力不足で倒れているじゃないか！」

カイルが苦しげに呻《うめ》いて、私をグイッと抱き寄せる。

「アリシア、一体これはなにがあったんだい？」

パパさんが、何気なくカイルから私を引き離して私の肩を掴《つか》んだ。

「えっと、私もよくわからないのですが、エミリアさんと話していたら突然誰かが攻撃魔法を放ったのです。それで、夢中でその攻撃魔法を私の防御魔法で包んでみました」

「え？　魔法を包む？　……カイル殿下、一体なにが⁉」

「信じられませんが、事実です。本当にアリシアは、攻撃魔法を防御魔法で包んで無力化しました」

「……まずいな」

パパさんはそう呟くと、私を離して立ち上がった。そして、会場に響き渡るような大声をあげる。

「流石《さすが》ですね！　カイル殿下」

「お、おとうさま？」

急になにを言い始めたのだろう。私は訝《いぶか》りながら、眉根を寄せる。

その時、ヘンリー叔父様が近寄ってきて、私とカイルにだけ聞こえるよう囁いた。

「バタバタしていて、連絡できず申し訳ありません。スティーブンがこの場を収めますので、カイル殿下にはこちらで説明させていただきます」

「わかりました。誰かアリシアを」

「かしこまりました」

ケイトの声と共に、彼女の手が体を支えてくれた。

晩餐会《ばんさんかい》の会場が、一連の騒動で浮足立っている。ヘンリー叔父様が神妙《しんみょう》な声で、パパさんに話しかける。

「頼んだぞ、スティーブン」

「ああ、わかった」

パパさんはそう言うと、私達から離れて人の気配が沢山する方に歩いていった。再び大きな声で話し始める。

「みなさん、驚かせてすみません。私はホースタイン公爵です。学校に侵入した男を追ってきました。幸いにも、カイル殿下によって我が娘アリシアに施された防御魔法が上手く働いたようです。流石《さすが》は王族の魔力はひと味違いますね。みなさん、お怪我《けが》はありませんか？」

「……え？」

事実とは異なる内容に困惑してしまう。パパさんの演説は続く。

「危険な男は騎士が捕らえましたのでご安心ください」

「大人しくしろ！」

パパさんの声にマリアの声が重なって聞こえる。

私が訳もわからず首を傾げると、カイルが戻ってきて私の手を握《にぎ》った。

どうやらヘンリー叔父様から詳しい状況を聞いたみたいだ。

「アリシア。もう、大丈夫だよ。僕が君にかけた防御魔法が、攻撃魔法を相殺したことにするらしい。確かに王族の僕が人より大きな魔力を持つことは知られているし、違和感もない。それによって君の魔力のことも上手く処理されるよ」

「あの、エミリアさんは？」

「ああ、気を失っているようだが、外傷はなさそうだよ」

そして、カイルは手の空いている騎士にエミリアさんを確保するよう指示を出す。

「あの女を捕らえよ。あの女がこの襲撃犯に向かって、話が違うと言っていたのを聞いた。あの男と共犯かもしれない」

騎士達はエミリアさんに走り寄り、両手を掴《つか》んで立たせた。その時、丁度エミリアさんが目覚めた。

「ちょっと！　離しなさいよ！　私はヒロインなのよ！　私がこの物語を進めないとあんた達も消えるわよ！　なんなのよ！　どうして上手くいかないの！」

「黙れ！　アリシアに対する暴言だけでも罪を犯しているんだぞ！　それなのにこの襲撃にも関わっていたのだろう！　僕はお前が話していたことをはっきりと聞いたぞ」

「なに言ってるのよ！　当たり前じゃない。悪役令嬢が動かないんだもの。ヒロインの私がやらなくちゃならないでしょう！　カイル王子だってちゃんと物語通りに動きなさいよ！」

ギャーギャー騒ぐエミリアさんを無視して、カイルは騎士達に連行するように命じた。

エミリアさんの声が遠ざかり、私はやっと肩の力を抜く。

彼女にはまだまだ聞きたいことがあるが、今は少し休みたい。

知らず知らずにかなり緊張していたらしく、安心したら全身から力が抜け、くずれ落ちてしまう。すぐさま逞《たくま》しいカイルがしっかりと支えてくれた。

「アリシア！」

「ごめんなさい。なんだか安心したら力が抜けちゃったわ」

私はそのままカイルに甘えてもたれかかる。

「いいよ。君はそのまま少し休んでおいで」

「ありがとう、カイル」

遠慮なくカイルに体を預けると、カイルはヒョイッと私を抱き上げる。

「お、重くない？」

「羽みたいに軽いよ、ちゃんと食べてる？」

「そんな……」

恥ずかしくて、目を閉じて意識をカイルから、未だに話し続けているパパさんに移す。

パパさんはカイルが私にかけた防御魔法は完璧で、襲ってきた攻撃魔法を相殺したと説明している。そして、エミリアさんのことに話が及ぶ。エミリアさんは、侮辱《ぶじょく》罪に加え、今回の襲撃や他の事件の重要参考人だと説明した。

「重要参考人？」

「ああ、僕も詳しくは聞いてないが、公爵達はなにかを掴《つか》んでここに来たらしい。その件でエミリアが重要参考人らしい。今回の襲撃にも無関係ではないだろう」

確かに、エミリアさんは犯人に向かって「話が違う」と言った。

「……やっぱりそういうことなのね」

「ああ、そうなるとしばらくは拘束されるかもしれないな」

カイルは私に囁いた。

「……そう」

「アリシア、君は望まないかもしれないが、エミリアにはアラミックの件も含めて聞きたいことが山程ある。自分が犯した間違いは、自分自身で償《つぐな》うしかない」

私は頷くことしかできなかった。

その後、パパさんとヘンリー叔父様は広間の学生や来賓者、更には学校関係者にも経緯を説明した。そして、学校側は生徒達の身の安全を考慮して、晩餐会《ばんさんかい》を延期するとその場で決めた。

関係者や協力者以外の者が全員会場から出た後、パパさんが満足そうに話し始める。

「みんなご苦労だったね。マリア、その男を騎士団に引き渡しておくれ」

「は！」

マリアは素早く応《こた》えを返し、男を連れていった。

騎士団、警備なども退出し、残ったのはパパさん、ヘンリー叔父様、カーライルさん、エリックさん、ミハイルさんとナタリーさん達となった。

「うん、このメンバーでいいかな。みんな、マクスター先生の教室でお茶でもしようか?」

パパさんはみんなに向かって優しく促す。

「公爵、アリシアを一度医務室に連れていってもいいでしょうか? 魔力の消費が激しいので治癒魔法をかけてもらった方がいい」

未だにフラフラする私は、カイルにお姫様抱っこされたままだ。

「そうですね。よろしくお願いします、カイル殿下。アリシア、待っているから医務室に行っておいで」

パパさんが私の額に手を当てて、優しく撫《な》でてくれる。

「はい、ありがとうございます。お父様」

そうして、私とカイルは医務室に向かった。


〜・〜◆終わらない襲撃◆〜・〜

暗闇の中から、ゆっくりと意識が浮上していく。

「アリシア！　大丈夫かい？　先生！　アリシアが目覚めました！　先生！」

カイルの慌《あわ》てた声が聞こえる。

完全に覚醒した私は、見えない目を瞬《しばた》かせる。そして、カイルの方に顔を向けた。

「カ、カイル？」

すると反対側から医務室の先生の声が聞こえる。

「ああ、アリシア様、お目覚めですか？　外傷は特にありませんでした。起きても大丈夫ですよ。ただ、魔力の消費が激しいので、しばらくはクラクラするかもしれません」

そこでやっと、医務室に向かう途中に眠ってしまったのだと思い当たる。

「あ、カイル、ごめんなさい。私眠ってしまったのね」

「突然意識がなくなったから心配したよ。でも、よかった」

カイルの泣きそうな声が聞こえて、私はふっと顔を綻《ほころ》ばせる。

心配をかけてしまったのは申し訳ないけど、カイルといると本当に安心する。

「アリシア様、それでは魔力を補完するための魔法をかけさせていただきます。よろしいですか？」

「はい、よろしくお願いします」

先生が手を私の額に当てる。すると、ふわりと温かいなにかが流れ込んでくる。

「ふわぁ」

気持ちよくて前世の温泉を思い出す。

「アリシア、可愛い」

カイルが呟いたのが聞こえたが、私はそのふわりとした温かさを楽しんでいた。

その時、突然先生の手が離れた。

「す、すみません。これ以上の補完は私には無理です。なんという魔力量……とても全てを埋められません」

ガックリとして先生が言う。

それでもかなり気分が良くなったので、私はベッドの上で起き上がった。

「先生、ありがとうございます。とても楽になりましたわ」

「いえ、あまりお役に立てず……申し訳ありません。そ、それでは少ししたら歩けると思いますので……」

「はい」

それだけ言うと、先生はそそくさと部屋から出ていってしまった。どうもショックを与えてしまったようだ。

「カイル、先生は大丈夫かしら？」

「少し顔色が悪かったが、大丈夫だろう。それよりアリシアに聞きたいことがあるんだ」

「なにかしら？」

カイルが顔を近づけて、小声で私に尋ねる。

「ねぇ、アリシア。君達はあの五分でなにを話したんだい？」

私は再び彼の方に顔を向けた。

「実は、そんなに深くは話せなかったの。でも、エミリアさんはこの世界が物語の中の世界だと思っているみたい」

「物語？」

「ええ、私も知らないのだけど、前世にこの世界と似た世界を描いた物語があったらしいわ。それで、その物語通りに行動していたと言っていたの。逆になんで物語通りに行動しないのかと詰《なじ》られてしまって」

「ん？　なぜそんな物語の中にいるなんて思ったんだ？」

「わからないわ。ねぇ、カイル、もう一度ゆっくりとエミリアさんと話すことはできるかしら？」

カイルは少し考えてから、私の手をポンポンと叩いた。

「そうだね。すぐには難しいけれど、事情聴取が終わったら話せるように手配するよ。その時にもう一度話したらいい」

「ええ、わかったわ。ありがとう、カイル」

私はカイルに笑いかけた。するとカイルの気配が更に近づいて、私の額と頬にキスを落とす。

「よし、それじゃあ、アリシアが大丈夫ならみんなのところに戻ろうか？」

「ええ」

私はそっと足をベッドから下ろして、立ち上がった。

うん、フラフラしないわ。

「ほら？　大丈夫でしょう」

「よかった。でも、念のためマクスター先生の教室までは運ばせてもらうよ」

カイルはそう言って私を再び抱き上げた。

「きゃっ、カイル！　もう平気よ！」

「君は黙って運ばれておくれ。それで僕が安心できるんだ」

カイルは私を抱き上げたまま、医務室の外に出た。しかし、部屋を出てすぐ、なぜか彼は私をゆっくりと地面に下ろし、背後に庇《かば》うように立った。

「カイル？」

「シッ。黙ってて。やっぱり君の魔力はそんなに戻っていないんだね？　気が付かない？

とにかくここから動かないで」

カイルは私にそう言うと、普段からは想像できないような低い声を出す。

「おい！　いるのはわかっているんだ。出てきたらどうだ？」

カイルは私に防御魔法をかけ直して、一歩前に出た。すると、どこからともなく数人の男の気配を感じた。

「なるほど、この学校の警備員に紛れていたのか。そして、今ここにいるということは僕達が狙われているんだな」

「なにを偉そうに！　護衛も連れずに出てくるとはな。いつも守られてる第五王子らしからぬことだ！　怪我《けが》をしたくなかったら。その女を置いて立ち去れ！」

「なにを言っているんだ？　アリシアを置いていくわけがないだろう！　それに、守られているのはそれが僕の義務だからだ。自分の身ぐらいは自分で守れるに決まっている！　馬鹿なのか？」

カイルはそう唾棄《だき》すると、素早く動き出した。

私は壁際に寄り、ススッと近寄ってきたケイトが状況を説明してくれる。

カイルは一人の男の懐《ふところ》に入り込み、腰に差していた剣を奪って後ろに下がる。そして、男達を睥睨《へいげい》し、剣を握《にぎ》り直して男達に向き直った。

「お前達、その邪悪な気配を早々に消せ！　アリシアが穢《けが》れるだろ」

カイルは奪った剣をビュンと一振りして構える。そして、間を置かず地を蹴《け》る。

突然の攻撃に一瞬ひるんだ男達は、まさか本当にカイルが反撃してくるとは思わず、次々と倒されていった。

カイルの動きはまるで剣舞を舞っているかのように軽やかで、男達の急所を確実に突いているとケイトが感心したように実況してくれる。

「ふん、口程にもないな。舐めるな。僕は王子だぞ。守られるのも必要だが戦えないわけがないだろうが！」

既に全員が足元に転がって唸《うな》っている。

ケイトが「もう大丈夫です」と言うので、私は息を吐き胸を撫《な》で下ろした。

その時、バタバタと足音が聞こえてきた。

「「カイル！」」

エリックさんとカーライルさんの声だ。

「二人とも、この男達を捕らえてくれ。アリシアを狙っているようだ。依頼主も聞き出

してくれ」

「アリシア嬢を！」

カーライルさんが厳しい声をあげる。エリックさんは、後から来た騎士達に男達の捕縛を命じた。

男達がバタバタと連行されいなくなると、カイルはパンパンと手を叩いて埃《ほこり》を払った。

「あんな下っ端を僕に差し向けるなんてな。舐められたものだ」

「だよな。俺でさえカイルとは互角以上には戦えん」

「本当だね。カイルの剣と魔法の腕は学校内でも一、二を争うっていうのに。知らなかったのかな」

「ああ、僕を守られてばかりの第五王子と言っていた」

「「馬鹿だな」」

カーライルさんとエリックさんは、呆れた口調で同時に言った。

「それはそうと、二人ともどうしたんだ？」

「ああ、カイル達を迎えに来たんだ。伯父上から今回の件について説明があるみたいだよ」

「ホースタイン公爵からか。アリシアは大丈夫かい？」

「ええ、カイル、ありがとう。貴方は強いのね。初めて知ったわ！」

「あ、いや。アリシアに言われると恥ずかしいな……それじゃあ、行こうか？」

カイルが照れ臭そうに言い、私を抱き上げようとする。それをなんとか阻止して、私はカイルに訴える。

「カイル、私は自分で歩くわ。カイルのように戦うことはできないけれど、私も自分でできることはきちんとやりたいの。守られるだけの令嬢にはなりたくないの」

すると少しの沈黙の後、カイルは私の手を取って、手の甲にキスを落とした。

「そうだった、君は簡単に守らせてくれない子だったね。でも、ごめん、僕はすぐに君を閉じ込めたくなってしまうんだ」

「もう！　そうではなくて！」

「大丈夫、ちゃんとわかってるよ。ちゃんと自分の足で結末を聞きに行こう！」

私は大きく頷いて、カイルの手をギュッと握《にぎ》った。

そうして、私達はエリックさんとカーライルさんと一緒に、みんなが待つ教室に向かったのだった。


「――遅くなってすみませんでした。……っ、アラミック！」

カイルが断って教室に入ると、そこにいたみなさんが口々に返事をする。

そこにはパパさん、ヘンリー叔父様、マクスター先生、ミハイルさん、ナタリーさん達がいるようだ。そして、カイルが発した言葉で、なんとアラミックさんもその場にいることがわかった。

「みんな、集まったようだね。今日は色々ありがとう、なんとか収まったよ。一応関係者だからね。アラミック王子にも来てもらったんだ」

ヘンリー叔父様がアラミックさんについて説明する。続いてパパさんが一歩前に出て話し出す。

「ここにいるメンバーは、この数ヶ月にわたるフレトケヒト男爵家絡みの事件の関係者ということで間違いないかな？」

「「「はい」」」

「よろしい。まず初めにみんなにお礼を言わせてほしい。これは公爵としてではなく、一人の父親としての感謝の気持ちだ。みんな、我が娘アリシアのために陰になり日向になり協力してくれたと聞いている。本当にありがとう」

そう言うとパパさんは、深々と頭を下げた。

そこには国政を預かる国の重鎮の姿はなく、ただただ娘の私のために頭を下げるパパさんがいた。

私はこんなに両親に愛されているのだと胸が一杯になる。

「公爵、お顔を上げてくださいませ。私達がアリシア様のためになにかできたとすれば、それはアリシア様のお人柄ゆえですわ。アリシア様が私達をそのような気持ちにさせてくれたのです」

ナタリーさんが凛《りん》とした声で返した。それに続いてみなさんも同意する。

「みなさん……ありがとうございます」

私は思わず立ち上がり頭を下げる。

「よし！　では、本題に入ろう」

そんな私の頭をふわりと撫《な》で、パパさんが仕切り直すようにパンと手を鳴らす。

「さて、それではカイル殿下からお話しいただけますか？　なにやら捕物があったようですね」

「はい、ここに来る前に、警備に紛れ込んでいた者達に襲われました。既に騎士に引き渡しましたので、なにか話しているかも知れません。どうやらアリシアが標的だったようです」

「アリシアが！　エリック君、賊《ぞく》の様子を確認してもらえるかい？」

「はっ、わかりました」

すると、エリックさんが通信機を取り出しながら退出した。それを確認して、パパさんが再び口を開く。

「では、確認中に私のことを話しましょう。昨日の発表会のためにこちらに来ていたんですが、マクスター先生からフレトケヒト男爵逃亡の連絡を受けて、騎士団に協力してもらい男爵を捜索していました。その時に、王宮のアラミック王子から連絡をもらいましてね。ああ、そうだ。折角《せっかく》来てもらったんだ。アラミック王子に話してもらう必要があるね。どうだい？　話せるかな？　アラミック王子」

パパさんに促されて、アラミックさんがおもむろに話し始める。

「はい、わかりました。みんな薄々勘づいていると思うが、私はエミリアに唆《そそのか》されて間違いを犯した。そして……実は、今回の襲撃事件は前々から計画されていたことなんだ」

「計画？」

「ああ、あの裏庭で話す予定だった計画だ」

「そういえばもう一人来るはずだったんだよな」

「エリックの言う通り。その人物はエミリアの父――フレトケヒト男爵だ」

「え？　エミリアじゃないのか？」

思わぬ人物の名前があがり、カイルは驚きを隠せない様子だ。

「この襲撃事件を立案したのはどちらかわからないが、実際に行動していたのは男爵の方だ。ただ、エミリアもこの計画を知っていたはず」

「でも、さっき晩餐会《ばんさんかい》で、エミリアは話が違うと言っていたぞ」

「それなんだ。エミリアからこの件を男爵と進めてくれと言われた時には、まあ、その、カイルを襲うはずだった」

「僕を？」

「ああ、しかも、エミリアが言っていたのは、アリシア嬢が怒らなかった時の保険だと……だから、アリシア嬢とエミリアを襲ったと聞いて、私もびっくりしている」

「だから、話が違う、なのか……」

「でも、一体なぜ僕を狙うんだ？」

「いや、それは私もよくわからない。エミリアの中ではシナリオが決まっていたようだ」

「ふむ。どちらにしろ、エミリアが今回の件に関わっていたことがはっきりしたな。フレトケヒト男爵もすぐに捕まるだろう。そうしたらエミリアも罪を逃れられないな」

するとアラミックさんが「私もだな」と呟いた。

一瞬その場に沈黙が訪れ、パパさんが仕切り直すように話し出す。

「カイル殿下、そんなに怖い顔をしないでください。とにかくアリシアをお守りいただだき本当に感謝しています。それから、先程アラミック王子の父上と兄上にご相談しました。今回の襲撃計画をギリギリではありますが、事前に話したことを考慮して、アラミック王子の罪を表に出さない代わりに、いずれ我が国に住んでもらうことになりました。アラミック王子はこれから先、我が国と隣国との調整役になってもらいます」

パパさんが清々《すがすが》しい声色で言った。アラミックさんはしばらく沈黙した後、「はい」と言って頭を下げた。

その様子は、学校での飄々《ひょうひょう》としたアラミックさんしか知らないメンバーを驚かせた。元々頭のいい人なんだわ。今のパパさんの言葉で自分の立場や失態、そして、これから長く続く償《つぐな》いを理解したのだから。

アラミックさんは一度深呼吸すると立ち上がり、私達の目の前に立った。

「カイル、いやカイル王子、そして、アリシア嬢。このたびは私の不始末にて、大変ご迷惑をおかけした。エミリアの甘言《かんげん》に乗ってしまった自分を情けなく思っている。今回の計画もだが、先日君達を襲撃した者達をけしかけたのも私だ。彼等にかけた精神魔法は早急に解除する。そうしたら全員、なにもかも話すだろう。私は償《つぐな》いのため、この先、隣国の王子として両国の友好と発展のために尽力することを約束する。もし君が望むなら、カイル、君に騎士の誓いを捧げてもいい」

アラミックさんは、今までになく真剣に謝罪した。

「アリシアを襲ったことは、これから先も許すことはない。しかし、それを反省して全てを話し、償《つぐな》うのならその姿を見ているよ。そして、今回エミリアとなにをして、どう話したのかを全て告白してくれ。それが今回の事件の解決に繋がるし、再発防止にもなるだろう」

「ああ、約束しよう」

「騎士の誓いは必要ない。僕が王子のままなら頷くべきなんだろうが、将来的に臣下に下るしな。だが、これからは裏切るなよ？」

カイルは、頭を下げたままのアラミックさんに近づいて肩を叩いた。

アラミックさんはハッと顔を上げて「ああ、わかった」と頷いた。カイルの声には、友人としての温かさが滲《にじ》んでいて、アラミックさんは涙ぐむ。

「アラミック、泣くなよ。お前がやるべきことは反省と償《つぐな》い、そして、もう一度僕の信頼を得ることだけだぞ」

「あぁ、ありがとう。カイル」

それを合図に騎士がやってきて、アラミックさんを連行していった。この後、厳しい事情聴取が待っているだろうが、全て話せば隣国に一度帰される。

それからがアラミックさんの本当の試練になるのだ。

親兄弟から信頼を取り戻し、王子として国や国民に忠誠を誓う。そして、今度こそ隣国の王子としてアラミックさんは戻ってくるのだろう。

「アリシア、あれでよかったかい？」

「ええ、きっとカイルの悔しい気持ちはアラミック様に伝わったと思うわ」

「ありがとう、アリシア」

私達の会話にパパさんが入ってきた。

「アリシア、今度はお前に聞きたいことがあるんだよ。あの男爵令嬢だが、彼女はなにを考えているんだ？　目的は？」

パパさんは心底わからないと言うように聞いてきた。

少し逡巡《しゅんじゅん》して、私は顔を上げてみんなに説明する。転生や前世などは信じてもらえないだろう。だから、もう少し受け止めやすい話にすることにした。

「エミリアさんは、物語の中を生きていたようですの」

「え？　どういうことなんだい？」

「詳しく言うと、エミリアさんはこの世界が自分が知っている物語そのものだと考えていたらしいのです」

「物語？」

カーライルさんが不思議そうに聞き返す。

「ええ、その物語は存在していないので、妄執と言ってもいいかもしれません」

「それでどうしてこんな事件に？」

ミハイルさんも訝《いぶか》しげに聞き返す。

「私が聞いた限りでは、その物語通りに行動しないと消えてしまうと思っているらしいのです。だから、物語にない行動をした者を、なんとか物語通りに行動させようとしていると話していました」

「どういうことだい？」

「例えば、その物語では私とカイルは仲が悪いからそう仕向けた。でも、マチルダさんとは仲が良いからそうさせた。アラミック様は自分の仲間だから側に置いたということです」

「でも、そんな物語通りに進むなど考えられるかな？」

カーライルさんが戸惑いをあらわに尋ねる。

「たぶん予知的な力があったのかもしれません。実際初めは上手くいっていたらしいのです。但《ただ》し、未来は変わるということを忘れてしまったのでしょう」

私は転生ではなく予知としてみんなに説明した。それでいいと思った。転生者の話は荒唐無稽《こうとうむけい》で、自分でも容易には信じられないことだったから。それよりは特殊能力の方が受け入れやすい。

「では、あの発明もその力を利用して？」

ミハイルさんが驚いたように聞いてきた。

「ええ、そうだと思います。未来にあるものを予知したのでしょう」

「そうなんですね。未来が見えるか。では、エミリアは別の場所で、別の人間が発明するはずのものを、ある意味横取りしていたと？」

ミハイルさんは心底軽蔑しているみたいだ。その声は鋭《するど》く、嘲《あざけ》りを含んでいた。商人的にはアイデアを盗むのは許せないことらしい。

「ま、そうなるな」

カイルは私の説明に沿って話してくれる。

その時、マチルダさんが立ち上がって話し始めた。

「ああ、やっとわかりました！　おかしいと思っていたんです。なぜあの家でばかり世紀の発明が生まれるのか？　しかも、発明のジャンルはバラバラだし、なにか秘密の本でも持っているのかもと思っていたんです！」

マチルダさんの言葉に、ナタリーさん達が「確かに」「不思議でしたわ」と口々に呟いた。

「では、その妄執に我々は巻き込まれたということかい？」

パパさんが悔しげにそう口にした。なんとも言えず黙っていると、カイルが手を握《にぎ》ってくれ、パパさんに答える。

「そうなりますね。ただ、今後は大丈夫ではないかと思います。どうも、エミリアが描いた未来と既にかけ離れてしまったらしく、もう元には戻らないということです。もう一つの未来で出てきたものを発明と言って作ることは可能でしょうが、それは国が管理すれば同じことにはならないでしょう」

カイルが暗に、今後の発明は国が管理すると伝えると、大人達は深く頷いた。

「そうだな。それがいいな」

ヘンリー叔父様の声にみんなが賛同した。

「公爵！　賊《ぞく》の身元が判明しました！」

通信機で連絡を取っていたエリックさんが、通信を終えて報告する。

「誰の差し金だ！」

パパさんの怒りの言葉が響く。

「犯人はその辺のゴロツキですが、依頼主はよく知っている人間です」

その場にいる者全てが息を呑む。

「依頼主は……フレトケヒト男爵です。覆面をしていたらしいのですが、あの体格です。写真を見せたら、すぐに間違いないと吐きました。しかも、料金の支払い契約書に自筆の署名までしていたので、筆跡からもすぐに判明しました」

「……馬鹿なのか⁇」

パパさんの鋭《するど》いツッコミに、みんな一斉に頷く。

「なんでも一括払いを拒否して分割で依頼金を払おうとしたらしい。それでゴロツキ達も疑って、契約書を作ったと言っています」

「あんなに金持ちなのにか？」

ヘンリー叔父様が呆れて答えた。

「そうです。それに依頼内容がどんどん変わっていったらしく、襲撃犯達も混乱したようです。初めはカイルを襲うはずだったらしいのですが、今朝突然アリシア嬢を排除しろと言われたと話しています」

「訳がわからないな」

カーライルさんが呆れた声をあげる。そして、パパさんは心底軽蔑した様子で推測した。

「まぁ、きっと昨日の発表会で、第五王子の妃の座に本格的に娘を据えたくなったのだろう。その割に、カイル殿下も襲わせるのだから浅はかとしか言いようがない。そのうちフレトケヒト男爵も捕縛されるから理由はわかるだろう。自国の王子を襲撃したんだ。言い逃れはできまい」

「そうだな」

「そうですね」

ヘンリー叔父様とカイルが苦々しく同意した。

「みんな、ありがとう。まだ見えない部分も多いが、とにかく事態は終わりに向かっている。今後学校は平和になるだろう。安心して学校生活を満喫してほしい」

パパさんは軽く手を打って、解散を宣言した。

みんな理解が追い付いていかないのか、ざわざわと話している。そんな中、ナタリーさんがパパさんのところにやってきて、遠慮がちに尋ねる。

「ホースタイン公爵、あの、アリシア様は、これからどうなるのでしょうか？」

「これはナタリー嬢、アリシアのことは彼女の意見を尊重して決めますよ。彼女はこの学校でかなり自立したようですからね。どちらにしても、貴女達にはきちんと本人からお話しさせていただきます」

「はい、楽しみにしております！」

「ナタリー様……」

私はナタリーさんの声を頼りに近づく。彼女も私に気付いていて、手を掴《つか》んでギュッと握《にぎ》る。

「アリシア様、また、一緒に学べることを、一緒にお茶会を開くことを、一緒にお話しできることを楽しみにしております！」

ナタリーさんの言葉にサマンサさん、イザベラさん、マチルダさんも口々に賛同する。

「そうですわ！　また一緒に本のお話をいたしましょう！」

「待ってます」

「いつまでもお友達です」

私が学校に来たことで起きた事件も多いし、みなさんに迷惑ばかりかけてきた。それなのにまだ、お友達だと、学校で待ってると言ってくれる。

彼女達の優しさに、喉の奥に思いが込み上げ、目頭が熱くなる。

私は思わず両手を広げた。すると、四人も同じように手を広げて、輪になって抱きしめ合う。

パパさんの言うように、私はこの学校でかけがえのないものを手に入れたのだ。

そうしてしばらく言葉を交わして、ナタリーさん達は退出した。彼女達に手を振る私の後ろで、パパさんがカイルに話しかける。

「カイル殿下、アリシアはこの学校で得難い経験と、一生の友を手に入れたんですね」

パパさんの感慨深げな物言いに、カイルは力強く返答する。

「はい、そう思います。それは僕も同じです。学校とは、かくあるべき場所ではないでしょうか？」

そう言ったカイルのもとには、カーライルさんやミハイルさん、エリックさんが集まってくる。

三人に囲まれて話し出したカイルから離れて、今度は私のところにやってきたパパさんはいつになく優しい声で囁く。

「アリシア、カイル殿下は素晴らしいホースタイン公爵になりそうだね」

パパさんがカイルのことを、こんなに柔らかい口調で話したことは今までなかった。

彼を私の婚約者として心から認めてくれたのだと悟り、私は嬉しさで胸が一杯になる。

破顔《はがん》して、大きく頷いた。

「――はい！」

「まぁ、一件落着じゃないか？　スティーブン」

そんなパパさんの肩を叩いて、ヘンリー叔父様が明るく声をかける。

「ああ、そうだな」

その声には、子供達の成長を感じた嬉しさと寂しさが滲《にじ》んでいるようだった。

〜・〜♥ エミリアの未来 ♥〜・〜

「こんなはずじゃなかった……」

エミリアは晩餐会《ばんさんかい》で捕縛されるとすぐに、王宮にある貴族用の拘置部屋に連れてこられた。

何度も事情聴取をされたが、一言も話さなかった。自分でもまだわからないのだ。

悪役令嬢であるアリシアに話した通り、この世界はあの小説『王妃への道』の世界ではないのか、それさえも改変されたストーリーなのかわからない。

前世を思い出してから、ここまで先がわからないことはなかった。

いつもいくつかの選択肢から選べばよかったのに、今はその選択肢が一つもない。だって小説ではエミリアはこんな場所にはいなかった。

そして、今日もエミリアは朝からため息を吐いた。

黙秘を続けるエミリアに痺《しび》れを切らしたのか、最近は騎士の言動が乱暴になってきた。

エミリアもそれは肌で感じたが、誰かに背中を押してもらわなければ、この世界でもう一歩を踏み出せない。未来のわからない一歩が、エミリアは怖くてたまらなかった。

そして、事情聴取の間も、エミリアはずっと一つのことを考え続けていた。

この世界はなんなのか？

自分は一体いつ、なにを間違えたのか？

そもそも、なにが正しかったのか？

それがわからないと、恐ろしくてなにも言えなかった。

自分の不用意な一言がまたなにかを変えてしまいそうで、怖くて怖くてたまらない。

いくら考えても答えが出ず、疲労だけが蓄積し、眦《まなじり》に涙が溜まる。そして、一人になると呟くのだ。

「こんなはずじゃなかった」

小説でのエミリアは楽しそうだったし、転生後の生活を謳歌《おうか》していた。前世の記憶から発明品を披露《ひろう》して、危機を乗り越えて、仲間と笑っていた。

みんなから好かれ、信頼され、愛される……そんな人生を歩んでいたのだ。

自分もそうなると思っていたのに。今のエミリアの周りには誰もいない。

物語ではいた仲間も恋人も親友も家族も、誰もいなくなってしまった。

更には騎士団に捕らえられるなど、ヒロインにあるまじきことだ。

そのことが無性に悔しくて悲しくて、唇を噛みしめて、涙を堪えることしかできない。

今までエミリアがしてきたことは全て間違いで、小説にはなかったバッドエンドになってしまったとでもいうのだろうか？

不安が胸を覆《おお》うある日、騎士達の話し声が聞こえてきた。

「おい、聞いたか？　ホースタイン公爵家の令嬢が来るらしいぞ？」

「ええっ、いつだ？」

「明日だってさ。なんでもこの部屋までいらして、この女と話したいと言っているらしい」

「マジか。被害者と加害者じゃないのか？　まぁ、この事件の首謀者は父親の男爵だって話だが」

「ああ、だが万が一の事態が起こったら大変なことになるぞ」

「そうだな」

エミリアはその話を聞いて、ずっと張っていた肩の力が抜けた。

きっとアリシアならこの世界がなんなのか教えてくれる。

きっとアリシアなら今はない選択肢を提示してくれる。

きっとアリシアなら……

そう思うと、エミリアの瞳から安堵《あんど》の涙が溢《あふ》れた。

エミリアはずっとずっと一人だった気がする。

実家では発明を生み出す機械のように扱われたし、学校では自分ではない、物語の中のエミリアだった。もう既に素の自分がどんな性格だったのかさえ思い出せない。

エミリアは騎士達の話を聞いて、この状況を説明してくれるアリシアを待った。待ち焦がれた。

そして、アリシアがこれからの道を示してくれることを期待した。

もうエミリアには自分自身で一歩を踏み出す勇気などなかった。

生きる意味さえ見失ったエミリアは、息を吸っているだけの人形みたいな自分を自嘲《じちょう》し、アリシアが来るまで深い眠りに沈むのだった。

第八章　二人の未来

～・～◆二人の転生者◆～・～

私の知らないところで色々なことが決着したらしく、カイルから話を聞いた時にはエミリアさんの父親である男爵は捕縛されていた。

今回の事件は、フレトケヒト男爵家によるクーデター未遂として処理されることになった。

フレトケヒト男爵が認めようが認めなかろうが、カイルと私を襲撃したのは事実だ。

隣国のアラミック王子が、偶然情報を入手し、この国の危機を救ったということになった。

——なにかの物語のようだ。

私はそう考えながら、カイルにエスコートされて王宮に来ていた。ようやくエミリアさんと話す時間を与えられたのだ。

エミリアさんは頑《かたく》なに事情聴取に応じず、沈黙しているらしい。

そこでカイルが私との面会を進言してくれた。パパさんや王様までもが心配して反対したらしいが、エミリアさんの証言は必要なので、捕縛直前に話していた私に白羽の矢が立った。

「アリシア、本当に会って大丈夫かい？」

カイルが心配そうな声で聞いてくる。

「ええ大丈夫よ。安心して頂戴。私達はもっと色々話さないといけないの。そうしないと、エミリアさんは現実を受け入れられないと思うわ。私にはカイルがいたけれどエミリアさんには誰もいないんだもの」

私はカイルににっこりと笑いかけた。

「それに今日の防御魔法は最強よ？　お父様にお母様、ケイトにマリアまで上掛けしてくれたんだから！」

「ははは、確かにね。でも、少し足りないかな」

カイルは立ち止まり、私の肩を掴《つか》むと額と頬にキスを落とす。すると同時に、私の体がふわりと温かな魔法で包まれて、カイルの防御魔法が発現したのを感じた。

「もう、カイルまで！　なんだか私は会う人会う人から防御魔法をかけられている気がするわ！　早く自分でできるように魔力の調節を練習しなくちゃ！」

私がぷりぷりするのを見てカイルは声を立てて笑った。

二人の間に流れる平和な空気に、本当に事件は解決したのだと実感する。

「ここだよ。この部屋にエミリアはいる」

そう言って、カイルはある一室の前で立ち止まった。

カイルが騎士に事情を説明して、ドアを開けるよう指示を出す。騎士は扉をノックして、ドアノブに手をかけた。

――さぁ、二回戦よ！

私は気合を入れて中に入った。カイルはドアの外側で待機することになっていたので、私に家具の配置を説明するとエスコートしていた手を離す。

私は部屋の中にエミリアさんの気配を感じた。

エミリアさんはしっかりと呼吸して生きているようなので、一先ずほっとした。そして、先日、あの五分でエミリアさんが話したことを思い出す。

エミリアさんは、ここが小説の世界だと言っていた。

……そんなにこの世界は、その小説と似ているのかしら？

「ん……」

その時エミリアさんの微かな声が聞こえ、彼女が眠っていたことを知る。そっとエミリアさんに話しかける。

「エミリアさん？　大丈夫？」

「――っ！　あ、悪役令嬢！」

エミリアさんは突然起き上がると、また訳のわからないことを話し始めた。私は一度深呼吸して、諭すように話しかける。

「ねぇ、エミリアさん。私、本当にその悪役令嬢の意味がわからないの。初めからちゃんと説明してくれるかしら？」

だが、エミリアさんは口を閉ざしてしまう。私はもう一度、優しくゆっくり尋ねた。

「ね？　お願いよ。落ち着いてもう一度お話ししましょう？」

「はぁ」

すると、エミリアさんのため息が聞こえた。

「わかったわよ。ねぇ、あなた前世では何年生まれなの？」

突然の問いに意表を突かれて、思わず言葉に詰まる。

「私は平成三年生まれよ」

口ごもっていると、エミリアさんが前世での自分の生まれ年を淀《よど》みなく口にした。私も慌《あわ》てて答えた。

「えっと、たぶん二〇〇〇年生まれかな？　元号とかはあまり覚えていないの」

「ふーん、いくつまで覚えてるの？」

「えっと、十八歳で死んでしまったわ」

「十八歳……、二〇一八年ね。私は二〇一九年までの記憶があるわ。でも、やっぱり私も死んでしまったのね」

「ねぇ、エミリアさん、一つ聞かせてくれるかしら？　貴女は、自ら望んで転生したの？」

「望むですって？　そんなわけないじゃない！　小説は読むから楽しいのよ。体験なんかしたくなかったわよ！　でも、しょうがないじゃない！　気が付いたらこの世界にいたんだもん」

そう言って、彼女がベッドの布団をバンバン叩く。

「そ、そうなのね……」

「初めは楽しかったわよ！　ワクワクしなかったとは言わないわ。でも、夢なら覚めてほしい。帰れるなら日本に帰りたいし、変えられるなら小説を変更したいわよ！　ねえ、同じ転生者のあんたなら、なんとかできるんじゃないの？　私はどうしたらいいのよ、どうしたらよかったのよ！　もう、なにもかもわからない！」

エミリアさんは声を震わせ、怒鳴った。私は彼女の座るベッドに歩み寄り、エミリアさんの体をふわりと抱きしめる。

「な⁉」

「エミリアさん、大丈夫よ。ここは小説の世界ではないわ。私達の生きている世界なの。だって、私はそんな小説知らないけど、ちゃんと生きているわ。エミリアさんだってちゃんとここにいるわ。温かい体を持っているじゃない。考える頭を持っているじゃない。感じる心を持っているじゃない。そんな都合の良い小説の世界なんてどこにもないのよ？　それにちゃんと考えてみて？　今ここにいる私達二人の会話も、その小説に出てくるのかしら？」

私の腕の中で、エミリアさんの息を呑む音が聞こえる。

「そんなシーンはなかったけど……」

「そうでしょう？　ここは独自の世界だと思うわ。だから小説のように未来は決まっていないはずよ？」

私はゆっくりと、幼い子供に言い聞かせるようにエミリアさんに『現実』を話す。エミリアさんは私の腕の中で身じろぎすると、小さく尋ねた。

「ねぇ、あなたは本当に『王妃への道』を知らないの？」

「知らないわよ。元々、本とかゲームとか好きじゃなかったし」

「じゃあ、なにしてたのよ？」

「趣味はスポーツ観戦よ」

「野球とか？」

「そうよ」

すると、エミリアさんは「全然仲良くなれないわね」と呟き、私の腕から抜け出してしまった。

「わかったわよ！　ここは似てるけどあの小説の世界ではないのね？　じゃあ別にストーリーにこだわらなくても大丈夫なのね？」

「大丈夫よ。実際私はその小説通りにしたことがないんでしょう？　だから怒っていたのでしょう？」

エミリアさんはやっと私の言葉を理解してくれたようだった。大きく深呼吸した彼女の気配が落ち着いていく。

「私は……エミリアはこれからどうなるの？」

不安げにエミリアさんが聞いてきた。

ここで誤魔化してもしょうがない。私は彼女に真実を伝える。

「男爵令嬢が公爵令嬢に無礼を働いたんだもの。侮辱罪《ぶじょく》で裁かれるわよ。しかも、この間の事件にもかかわっていたのでしょう？　何年か拘留されるかもしれないわ」

「そっか……。物語通りになんか全然進まなかったのね。身分差なんて本気で考えたことなかったなぁ」

涙声でぽつりと呟いたエミリアさんは、再びベッドに潜り込んでしまった。今、彼女には一人で現実を受け止める時間が必要だろう。

私はベッドの端に腰を下ろし、ブランケットの上からエミリアさんの背中を撫《な》でた。

そして、今の状況を、自分が知っている範囲でポツリポツリと話して聞かせる。

アラミックさんのこと、フレトケヒト男爵のこと、学校のこと……全てだ。

「エミリアさんの知っている物語には、今話したことは全部書かれていたの？　エミリアさんが今流した涙も？」

エミリアさんは声を絞り出すようにして、苦しげに答える。

「小説なんだもの……。そんなモブの話なんか書いてあるはずないわ……」

「そう……」

私は一つ頷くと、彼女の次の言葉を待った。

「私……結構幸せだったの……。前世では……」

「そうなのね」

「友達も一杯いたし、仕事も頑張っていたし、たまに旅行に行ったり、好きな小説を読んだり……。田舎《いなか》には両親と弟もいたわ」

「……うん」

「……それなのに……死んでしまったのね。もう、戻れないのね？　ここは夢でも小説の中でもなく、現実……なのね？」

「……そうね」

また、しばらく沈黙が続いて、エミリアさんが嗚咽《おえつ》を漏らす。

「物語をクリアしたからって、元の世界に戻れるわけではないのね？」

彼女の気持ちを思うと悲しくて、やりきれない。私は静かに首を横に振った。

「……ここで、生きていくしかないのね」

エミリアさんが諦めたように呟いた。

そして、最後にふぅっと息を吐いた時、急に部屋の外が騒がしくなる。

扉の外に控えていたカイルが、誰かと話し、扉を開けて入ってくる。カイルを含めて、数人の気配が近づいてきた。

「エミリア・フレトケヒト。今日こそは話してもらうぞ！　いいな？」

「……わかったわよ！」

エミリアさんと、室内に入ってきた男性のやり取りから、彼等がエミリアさんを尋問している騎士なのだと悟る。

「エミリアさん」

心配になって彼女の肩を宥《なだ》めるように撫《な》でる。

エミリアさんはふぅっと息を吐くと、パンッと自分の頬を叩いた。

「あんたの言う通りね。ヒロインなのに捕まるとか笑えないわよ。この世界が小説じゃないってのはよーくわかったわ！」

そう言って、エミリアさんはベッドから下りて立ち上がる。

そして、騎士に連行されるその時、私だけに聞こえるように囁いた。

「ねぇ、イ○ローは引退したわよ」

「えええええええぇ⁉」

今日一番の衝撃が走り、私は素《す》っ頓狂《とんきょう》な声をあげた。

「あはははははは！」

私の反応を見て、エミリアさんは高らかに笑いながら部屋を出ていったのだった。


～・～◆自由への逃走◆～・～


私とエミリアさんが話してから数ヶ月が経った。

私と話した後、素直に事情聴取を受けていたエミリアさんは、結局半年間の拘留となった。

フレトケヒト男爵は、彼女よりずっと重い罪が科せられた。

彼は最後まで罪を認めることはなかったが、アラミックさんの証言で私達への襲撃については、言い逃れできなかった。

カイルの妃の座を狙って私を襲ったのに、カイルのことも襲ったのだから、喜劇だ。

エミリアさんも有罪を受けたものの、なんというか彼女は強《したた》かだった。取り調べで素直に話す代わりに、最後に必ずこの一言を付け加えるようになったのだ。

「――と、お父様に言いつけられました」

本当に嫌いだったのね。

拘留されているエミリアさんはサバサバとしていて、学校での可愛くて無邪気な雰囲気はなくなったらしい。きっと、それが本来のエミリアさんの性格なのだ。

フレトケヒト男爵は爵位剥奪《はくだつ》の上、財産は没収され、発明の権利もほとんど国に譲渡することになった。その上で、取り上げを免《まぬか》れた地方の小さな別邸に生涯幽閉される。

但《ただ》しエミリアさんとは、今後十年は面会禁止だ。

なんと言ってもエミリアさんには発明がある。それをまた彼が悪用するかもしれないから。

アラミックさんは国に戻り、今度はきちんと第二王子として留学してくるらしい。

帰国前になんだかスッキリとした声で謝罪してくれた。

そうして、今回の事件は一応の解決となったのだった。

全てが片付いてからしばらく経ったある日のこと。

「はぁ……」

「お嬢様いかがなさいましたか？」

私は公爵家のテラスで、肌寒い風を感じながらもティータイムを楽しんでいた。

「なんでもないの。ありがとう、ケイト」

ケイトに微笑みを返しながら、私は少し冷めてきたお茶を飲み、再びため息を吐く。

あの事件の後、過保護な両親、特にママさんが私を学校に戻してはくれなかったのだ。

まぁ、襲撃対象になってしまったし、しょうがないのはわかる。

学校長もママさんに深々と頭を下げて、二度目の襲撃を謝罪した。

でも、それでも――

「学校に行きたいわ」

思わず本音が口からこぼれ落ち、私はまたため息を吐いた。

「お嬢様！　カイル殿下から通信が入っております」

ケイトが通信機を持ってきてくれた。

「カイル？」

「アリシアかい？　僕のお姫様は元気にしているかな？」

「元気すぎて、暇よ！」

「ははは、しょうがないなぁ。お転婆《てんば》は直らないのかい？」

「カイルは学校に戻れたからそう言うのよ。私はずぅぅっと家の中なの」

「えっと、お茶会にも行っていないのかい？」

「行ってないわ。お母様が許してくれないの。今回の事件は、自分が学校への編入を許したからだとご自分を責めてらっしゃって……外出を許可してくださらないのよ」

「アンネマリー様が？」

「ええ、でも私、もう耐えられないわ。だって、学校で自由も友達も勉強も経験してしまったんだもの」

「えっと、アリシア？」

私の言葉に不穏なものを感じ取ったのか、カイルが不安げに私の名を呼ぶ。

「カイルには教えてあげるわ！　私、家出を計画しているの」

「い、家出⁉」

カイルは私の告白を聞いて仰天《ぎょうてん》した。私は力強く頷き、続ける。

「ええ、そうなの！」

「いつ！　どこに⁉」

「それはカイルにも秘密よ！」

「危ないよ！　危険なことはしないと約束したじゃないか！　アリシア！」

「大丈夫よ！　ケイトとマリアはちゃんと連れていくわ。楽しみにしててね」

そう言って、ワーワーと騒いでいるカイルをそのままに、通信を切った。

「お、お嬢様、カイル殿下にお話しにならなかったのですか？」

ケイトの心配そうな声に明るく返答した。

「今、話したわよ？」

「ですが……」

「大丈夫よ。家出と言ってもすぐ近くじゃない？」

「そうではございますが……」

はらはらした様子のケイトを説き伏せて、私は家出決行の日を迎えたのだった。

～・～♠ 母の気持ち ♠～・～

「アリシアちゃん？」

アンネマリーは、朝の挨拶の後から姿が見えない娘の部屋に来ていた。

いつもこの時間は、ケイトに手を引かれて庭園を散歩しているはずなのに見当たらないのだ。

「あら？　いないわ。どこにいるのかしら？」

アンネマリーは首を傾げて、片手を頬に当てた。

「ケイト？　どこにいるの？　来て頂戴」

アンネマリーは少し声を張って、アリシアの侍女であるケイトを呼ぶ。

いつもであれば、家の中でケイトを呼べば、魔法によってどこでも声が届きすぐにやってくるはず。それなのに、いつまで経っても彼女は来なかった。

「ケイト？　いないの？」

一向に現れないケイトに痺《しび》れを切らして、アンネマリーは執事を呼んでアリシアを捜すように指示を出す。

「お嬢様！」

「アリシアお嬢様！」

「アリシア様ーー！」

使用人全員で屋敷内を捜索したが、アリシアは見つからない。その上ケイトとマリアの姿も見えないのだ。その時、一人の侍女がアンネマリーに手紙を差し出した。

「これは？」

「アリシア様のベッドの枕の下に置いてありました。アンネマリー様宛でございます」

「まぁ」

アンネマリーは手紙を受け取ると、近くのソファに腰を下ろして手紙を広げた。

『お母様へ
捜さないでください。
アリシアは冒険の旅に出ます。
もう、お母様とお父様の後ろに隠れて暮らしていたアリシアはいないのです。
お母様がアリシアを学校に戻してくださらないと帰りません！
決心なさったら通信を鳴らしてくださいね。

アリシア』

手紙を目にして、アンネマリーは目を丸くした。

「まぁ、アリシアちゃんが家出をしてしまったわ」

「アンネマリー様？」

「……そう、そんなに学校は楽しかったのね」

アンネマリーは手紙に書かれた文字を指先でなぞりながら、寂しそうに笑った。


～・～◆アリシアの家出◆～・～


「マ、マリア！　まだかしら？」

「あと少しだ」

「本当に？　先程も同じことを言っていたわ！」

「お嬢様、少し休憩いたしましょう」

私とケイト、マリアの三人は、公爵家を出て、幼い頃よく遊んだ王宮に続く森の中を歩いていた。

だが、予想に反して王宮までの道のりはなかなかに遠かった。子供だったカイルが来られたのだから、すぐ王宮に着くと思っていたのだ。

「そ、そうね。休憩にするわ」

ケイトの提案に間髪《かんはつ》を容《い》れずに賛成した。

ケイトがカチャカチャとお茶の支度をする音が、森の中に響く。

「ねぇ、ケイト。ケイトは私が馬鹿なことをしてると思ってる？」

「……いえ」

ケイトが一瞬言葉を詰まらせたことで、そう思っているんだと悟る。

自分でも馬鹿なことをしていると思うが、私は外の世界を知ってしまったのだ。ママさんにも、もうそろそろ子離れしてほしい。

私はケイトに手を引かれて用意されたクッションの上に座る。

「どうぞ、お飲みください」

そう言って、ケイトは冷たいジュースを持たせてくれた。

「ありがとう、ケイト」

歩き疲れた体をクッションに預け、甘く冷たいジュースに口をつけた。口の中に広がるいちご味に、以前のカイルとの喧嘩《けんか》を思い出す。

あの時はやるせない気持ちで食べたいちごを、今は自分の自由のために口にしている。

「美味しいわ」

――カサリ。

その時、森の奥から微かになにかが動く音が聞こえた。ケイトはまだ気付いていないらしく、私は慌《あわ》てて音の方に顔を向ける。

なにかが動いている。まさか、また狼⁉

――ガサガサ。

「ケイト！」

「おい、お前。ここでなにをしている？」

私の叫び声に被せるように聞き慣れた声が響く。なんだかとっても偉そうだ。

「名を名乗れ、ここは王家所有の森だぞ！　……お転婆《てんば》姫」

「ふふふ、どこかで聞いた台詞《せりふ》だわ。カイル？」

突然現れたのはカイルだった。彼は、ハァと息を吐いてから私の隣に座った。

「全く心配するだろう？　いつまで待っても森から出てこないから、また狼に襲われたかと思ったよ」

カイルが私の手を取ってキスを落とした。

「でも、どうしてカイルがここに？」

「君の優秀な侍女が教えてくれたんだよ。公爵家から徒歩で王宮に家出するってね」

「まぁケイトが？」

「ああ、それで森の出口で待っていたんだ。なかなか来ないと思ったら、こんなところでお茶していたとはね」

カイルは私を抱きしめて、私の頭に頬を摺《す》り寄せた。

「突然家出なんて言い出すから、ビックリしたよ」

「ごめんなさい。でも、お母様に私はもう籠《かご》の鳥ではいられないとわかってほしかったの」

シュンと肩を落とすと、カイルが頭を優しく撫《な》でてくれる。

「王宮に着いたらどうするつもりだったんだい？」

「お父様は私に同情的だったから、一緒にお母様を説得していただこうと思っていたの。でも、カイルが来てくれるとは思わなかったわ。なんだか初めて会った時を思い出して嬉しくなっちゃった」

幼い頃のことを思い出して、思わず頬が緩《ゆる》む。カイルも同じことを思い出しているのか、くすくすと柔らかく笑う。

「そうだね。あの時から僕の人生は変わったんだよ」

「そんな大袈裟《おおげさ》だわ」

「いや、本当だ。あの時までは、第五王子なんてスペアのスペアのスペアだと思っていたんだから。実際勉強から逃げてこの森に入ったんだしね」

「そうね、そう言っていたわね。でも私が羨《うらや》ましいと言ったら、次の日から私の知りたいことを勉強してきて色々教えてくれたのよね。懐かしいわ」

「ああ、本当に懐かしいよ。君が僕を望んでくれたから、僕は僕の存在を認められたんだよ。君がいなかったら、僕は兄上達を恨《うら》んでいたかもしれないし、世を憎んでいたかもしれない」

カイルは抱きしめる力を強める。強く優しい思いのこもった彼の言葉が耳朶《じだ》を打つ。

「君がいてくれるから、僕は僕として生きていけるんだ。これからも一緒にいてくれるかい？」

私はとびっきりの笑顔をカイルに向ける。

「私もカイルがいてくれたから、この世界でちゃんと生きられたんだわ。私だって一歩間違えば、エミリアさんみたいになっていたかもしれないのよ」

「「ありがとう」」

お互いにそう言って。

お互いの頬に手を添えて。

お互いの唇を指先で確かめて。

そして、どちらからともなくキスを落とした。

これからも一緒に助け合って、補い合って生きていこう。

二人の気持ちがぴたりと重なるようなキスに、ふわりと心が温かくなった。

「「大好き」」

同時に囁き、しっかりと抱き合ってお互いの存在に感謝する。

季節は巡り、もう秋の気配が漂っている。少し冷たくなった風が火照《ほて》った頬に心地いい。

これから、私達はこの世界で一緒に沢山の季節を過ごしていくのだ。それが、無性に嬉しい。

私はカイルの背中をギュッと抱きしめた。

「私は、ここにいるわ。アリシア・ホースタインとして生きていくわ」

「ああ、君が君でいることに僕はいつも感謝している」

私達はしばらくの間、静かな森の中で風の音を聞いていた。

「ねぇ、ケイト。そういえば狼ってどんな形をしているの？」

後日、私はケイトに何気なく聞いてみた。そう言えば、狼の姿について説明を受けたことがなかったのだ。

馬がオートバイ、弓矢が銃《じゅう》だったりする世界だ。狼ももしかしたら、私が想像するのと違う生き物なのかもしれない。

ケイトがすぐに魔法で狼を再現してくれた。

私はその形を確かめて、思わず眉根を寄せる。

「――げっ、熊？」

やはりこの世界は侮《あなど》れない。


〜・〜◆雪の中のお茶会◆〜・〜


「アリシア様〜！」

私は学校で久しぶりにマチルダさんに呼び止められた。

聴講生の私とは違い、みんな卒業試験で忙しそうにしている。

「まぁ！　マチルダさん。御機嫌よう！」

「アリシア様、おはようございます。アリシア様がお戻りになって本当に嬉しいです」

結局あの家出の後、カイルとパパさんと一緒に家に帰りママさんと話したのだ。

もっと反対されるかと覚悟していたのに、案外ママさんはすんなりと頷いてくれた。

その分、カイルには再三私の身の安全を守ることをお願いしていたが。

そうして、私は学校に戻ることができたのだ。

「ありがとう。マチルダさん。今日はお勉強はよろしいの？」

「はい！　今日は息抜きも兼ねて久しぶりにみんなでお茶会をとナタリー様からご提案がありまして、アリシア様をお誘いに来ました」

「とっても嬉しいわ。是非お伺いするわ」

「わかりました！　ナタリー様にお伝えしますね」

元気よく返事をすると、マチルダさんはあっという間に行ってしまった。

「ふふ、マチルダさんは相変わらずなのね」

つむじ風のようなマチルダさんに思わず微笑む。

「ケイト、マリア、聞いての通りナタリー様のお茶会に出席しますわ。着替えに戻らなくては」

「はい、アリシアお嬢様。今日はこれから雪もチラつくようですので、暖かい服装にいたしましょう」

ケイトが私の手を取って誘導する。すると、今度はすぐ後ろでマリアが口を開いた。

「ああ、アリシアお嬢様は風邪をひきやすいから厳重にしてくれ」

マリアは惜《お》しまれつつ騎士団を退団して、私専属の護衛となってくれた。

それからやっと名前を呼んでくれたのだ。更には、カイルやパパさんにも負けない過保護な護衛になってしまった。

「もう、マリアまで。大丈夫よ。ナタリー様がいつもお茶会を開くのは応接室だから暖かいわよ？」

私はマリアを振り向いて笑う。

「そ、それでも私はアリシアお嬢様の身の危険を排除するのが仕事だ。その中には病気も含まれる」

そう言ってマリアは一歩下がってしまった。

マリアの不器用な優しさが、最近になってようやく理解できるようになった。たぶん昔から優しかったのだが、ぶっきら棒な口調と、無口に隠れていて気が付かなかった。

「ありがとう、マリア」

私は素直にお礼を伝えて、お茶会の準備のために部屋に向かって歩いた。

外は既に肌寒い空気に包まれている。

すると、前から来た数人の生徒が立ち止まり、話しかけてくる。

「あの、アリシア様。少しお話ししてもよろしいでしょうか？」

私は内心またかと思いつつもにっこり笑って頷いた。

「はい。なにか御用でしょうか？」

「あの、わたくし達、先の事件の折にアリシア様を誤解してしまったんですの。噂を鵜《う》呑《の》みにしてしまい、本当に申し訳ございません！」

そう言って、頭を下げる気配がする。

「大丈夫です。あの時は仕方がなかったんですわ。私も自ら誤解を与えるように行動しておりましたし、お互い様ということにいたしましょう。もし、よろしければ、これからも仲良くしていただけると嬉しいです」

私の言葉を聞いて、彼女達は「ありがとうございます」と安堵《あんど》したように息を吐き、立ち去った。

このようなやり取りが、学校に戻ってから毎日のように起こる。

おかげで私のお友達の数は急速に増えている。

そして、このやり取りの後には、必ず背後からケイトとマリアの呆れたため息が聞こえる。みんなから甘いと言われるが、それでも私はこれで良いと思っている。

その後、部屋に戻って暖かい服装に着替えると、カイルから通信が入った。

「カイル？　どうしたの？」

「アリシアかい？　今日のナタリー嬢のお茶会には出席するのかい？」

「ええ、どうしてカイルがそのことを知っているの？」

「実はマチルダ嬢に僕も誘われたんだよ。君も知っているだろう？　きっとあのことを発表するんだ。アリシアも行くのならエスコートさせてほしい」

「そうね。少しだけ早めに行ってもいいかしら？」

「ああ、そうしよう」

私達は、寮の前で待ち合わせをする約束をして通信を切った。通信を終えると、ケイトがさりげなく提案してくる。

「お嬢様、やはりドレスを変更いたしましょう。今のドレスは少し露出度が高いと思われます。少々お待ちくださいませ」

ケイトはカイルとの節度あるお付き合いには寛容だが、なぜかカイルと会う時には首まであるタートルネックのドレスを着せたがるのだ。まぁ、私は自分の格好には興味がないのでいつもケイトに言われるままだ。

「そう？　ケイトの好きにして頂戴」

そうして、その後ケイトに言われるままに着替えて、やっと出かけることができた。

私は約束の時間ぴったりに女子寮を出た。いつもならすぐに駆け寄ってくるカイルが、なかなか声をかけてこない。

不安になり、彼の名を呼ぶ。

「カイル？」

「アリシア、会えて嬉しいよ」

ツカツカと歩み寄る気配と共にカイルの声が聞こえ、私は満面の笑みで振り向いた。

「うっ」

なぜかカイルが呻《うめ》き声をあげた。

「カイル？　どうしたの？」

「いや、アリシアがあんまり綺麗だから見惚れてしまったよ。そのドレスもとてもよく似合ってる。今日のアリシアは雪の妖精のようだ」

「ほ、褒《ほ》めすぎだわ」

「本当だよ。僕はいつまで経ってもアリシアの美しさに慣れることがない」

降り注ぐ賛辞に恥ずかしくなった私は、カイルに手を差し出した。

「えっと、行きましょう。ナタリー様が待ってるわ」

「ああ、喜んで。僕のお姫様」

カイルは宝物を扱うように、私の手を握《にぎ》った。

そして私達は、雪がちらちら舞う中お茶会に向かった。

少し早めにお茶会の会場に到着すると、ドアの向こうから誰かの話し声が聞こえてきた。

遠慮がちにドアをノックしたところ、話し声がピタリと止まり、ドアが遠慮がちに開かれた。

「まあ、カイル殿下にアリシア様！」

「やあ、二人とも」

ナタリーさんの弾んだ声に、私は自然と笑顔になる。もう一人の声は、従兄《いとこ》のカーライルさんだった。

私はカイルの手を離して、二人に向かって淑女の礼をとった。

「ご機嫌よう、カーライル様、ナタリー様。お二人ともこのたびは、誠におめでとうございます！」

私達に関係ある発表。それは二人の婚約だった。

「ありがとう、アリシア嬢」

「ありがとうございます！　アリシア様」

「本当に二人ともおめでとう。まさか二人が婚約するなんてな。でも、僕達もとても嬉しいよ」

「ああ、ありがとう、カイル。この一連の事件を通してナタリーの素晴らしさを実感したんだ。ナタリーが結婚に頷いてくれて、天にも上る心地だよ」

「カーライル様、恥ずかしいですわ」

ナタリーさんが照れたように呟いた。その初々《ういうい》しい反応に私の頬も熱くなる。

「いや、まあ、でも本当に上手く婚約が整ってよかったよ」

公爵家の後継なのに、なかなか決まった相手を作ろうとしなかったカーライルさん。

そんな彼にヤキモキしていた周りからの後押しもあり、あっという間に婚約がまとまったのだ。

その際、ナタリーさんの気持ちよりも、公爵と侯爵が盛り上がってしまったので、カーライルさんは未だにナタリーさんが仕方がなく了承したのではと考えているらしい。

実を言うとサラマナカ侯爵家は、聡明すぎるナタリーさんの婚約をまとめられず苦心していたらしい。

でも、仲睦《なかむつ》まじい二人を前にすると、運命は最初からこうなるように定められていたのかもしれないと思える。

「ナタリー、私はあの事件での君の活躍を見て、心から君に惹かれたんだ。君以外とは一緒になれない。一生君を大切にするよ」

カーライルさんがナタリーさんに向かって甘く囁いた。ナタリーさんも小さな声で恥ずかしそうに返す。

「はい。私もカーライル様でしたら信頼できます。それに、アリシア様と従姉妹になれるんですもの！　嬉しいですわ」

私とカイルは、二人のアツアツぶりになんとなく一歩下がって、お互いの手をギュッと握《にぎ》る。

「えー、コホン。まぁ、二人の仲が良いのはわかったよ。僕達も祝福するよ。それより、お茶会の準備は整ったのかい？」

ナタリーさんはハッとして、急いで部屋の中に戻っていく。

私も後に続いて部屋に入ると、ケイトを呼んで準備を手伝うように言ってから、邪魔にならないように部屋の端に腰を下ろした。

みんなの足音や、カチャカチャと食器同士のぶつかる音に耳を傾ける。

しばらくすると、続々と招待された友人達がお茶会にやってきた。

イザベラさん、サマンサさん、マチルダさんのいつものメンバーと、ミハイルさん、エリックさんだ。

みんなが席についたのを確認して、カーライルさんが立ち上がり、自分とナタリーさんの婚約を発表した。友人達からは歓声と祝福の声が響き、みんな口々におめでとうと言う。

カイルは現公爵であるパパさんとヘンリー叔父様のような関係を、カーライルさんとも続けようとみんなの前で話した。

みんなの祝福が一段落し、ナタリーさんが立ち上がった。

「皆様、ありがとうございます。私にとってもカーライル様とのご縁に心から感謝しております。アリシア様、これからは義理でありますが従姉妹として仲良くしてくださいね」

「はい、もちろんですわ！　ナタリー様！」

私は元気よく返事をした、その時。

——バチン。

なにかが弾けるような音が響いた。

「一体何事ですの？」

「停電？」

「なにも見えませんわ！」

どうやら停電したみたいだ。

外は日も暮れ、雪が降り始めており、室内は窓の側であっても光が入らず暗いようだ。

ザワザワと落ち着かない空気の中、私は立ち上がって声をあげた。

「皆様、動かないでください」

私の声が響くと、部屋のそこかしこから不安そうな声が聞こえた。

「大丈夫ですわ、落ち着いて。ケイト、明かりはつかないの？」

「はい。残念ながら魔道具が上手く起動しないようです」

「そう。ここでは直せないのね」

みんなにとっては大変なことなのかもしれないが、いつも暗闇の中にいる私はなにも変わらない。パニックになって動き回ると危険なので、一旦いつも私がしている、初めての場所を把握《はあく》する方法を説明する。

「皆様、まずは落ち着いて家具の配置を思い出してください」

その言葉で口々にあそこにチェストがあった。ソファはこちらにと確認し始める。

私もいつもケイトから聞いた配置を頭の中で思い浮かべているのだ。

「それでは、順番に声を出してくださいますか？」

「カイルだ。僕はここにいる」

「ナタリーです」

「イザベラですわ」

「サマンサです」

これで、みんなのいる大体の場所がわかった。私は一人一人の場所まで行くと、サッと手を取って、椅子やソファまで案内する。

「ありがとうございます。アリシア様」

「ここに座っていてくださいね」

「ありがとうございます。アリシア嬢」

「大丈夫ですか？」

そして、私は最後にカイルがいるところまで行くと、その手を取った。

「カイル？　大丈夫？」

「ああ、でも、まさかアリシアに手を引かれる時が来るとは思わなかったよ」

私は確かにと頷いて、笑みをこぼす。いつもみんなに手を引かれているものね。

「ふふっ、確かに。今なら私の方がみんなよりも見えているわね」

私があまりに迷いなくカイルの席まで歩くことに、彼は驚きの声をあげる。

カイルが席につくと同時に、部屋の明かりがパチパチと音を立てた。どうやら明かりがついたみたいだ。

「わぁ！」

「ついたわ！」

「よし！」

「俺は原因を確認してくるな！」

エリックさんが出ていく音が聞こえる。

私は今、少しだけ悲しかった。

たぶん、みんなにとって先程の暗闇への恐怖は一瞬のこと。

でも、私にとってはいつものこと。ずっと向き合っていかなくてはならないことだ。

やはりみんなとは少し違う場所で生きていると考えずにはいられない。

その時、ふいに力強く抱きしめられた。

「アリシア！　そんな顔をしないで……」

「っ、カイル」

「さっきの君の行動には驚かされた。確かに君は目が見えないかもしれないが、僕が……いや僕達が見えないものをしっかり見ているんだと感じたよ」

「見えないものを、見てる？」

「ああ、晩餐会《ばんさんかい》でもそうだった。僕達が迫ってくる攻撃魔法に動けずにいたのに、君は立ち上がって僕達全員を守ってくれたよ」

「そ、そうですわ！　アリシア様！　私は怖くてパニックになりましたが、アリシア様の声であの時も今も落ち着くことができましたの」

サマンサさんの声が震えている。

「その通りです。私は自分の驕《おご》った考えを痛感しました。アリシア様をお手伝いしているようで、それ以上にアリシア様は努力していらっしゃるとわかりました」

イザベラさんの声は涙で掠《かす》れていた。

「アリシア嬢はいつもあんなふうに部屋の様子を確認して、周りの状況や気配を把握して、しかもそれを周りに全く感じさせないように行動していたんだね」

カーライルさんの感嘆の声も聞こえる。

「アリシア様！　私は、これからはもっともっとアリシア様が少しでも楽に過ごせるように頑張りますわ！　カーライル様の婚約者ですもの。社交界でも全力でアリシア様をサポートいたします！」

ナタリーさんも気合の入った宣言をする。

みんなと共有できない気持ちがあるのは、確かに悲しい。でも、それを補って余りあるほどの優しい気持ちを受け取って、心が温かくなった。

「皆様、ありがとうございます。私、本当は皆様と気持ちを共有できなくて少し寂しかったのです。でも、そうですよね！　私には皆様がいてくださいますものね。これからもよろしくお願いします」

私は精一杯の感謝を伝えた。

「もちろんですわ！」

「私も社交界は少し不安ですの。一緒に頑張りましょう！」

これから私達は学校を出て、社交界にデビューする。

その時はもっと大変なことが起こるかもしれない。

でも、この友人達がいてくれたら大丈夫と今なら思えるのだった。


内輪の婚約発表の後、正式にカーライルさんとナタリーさんの婚約が発表された。

この国でも二番目に大きな権力を持つアラカニール公爵家と、学問を誇るサラマナカ侯爵家の婚約に国中が驚き、話題をさらう。

当然といえば当然だが、未だに婚約者がいなかった二人は、国内外の有力貴族から狙われていたらしい。

そんな浮き立つような雰囲気から離れて、私は今、王宮に建つとある塔に来ていた。

エミリアさんと面会するためだ。

あの事件から既に数ヶ月、拘留期間はもうすぐ終了する。

今回の面会は私ではなく、エミリアさんに希望されてのものだった。

エミリアさんとは捕縛後すぐに面会してから会っていない。あれから、いくら私が面会を申し込んでも全て断られたのだ。

「アリシア、本当に行くのかい？」

拘留塔に向かう道でカイルは何度も聞いてきた。

どうもカイルは私がエミリアさんと話すことで、今世より前世が良くなってしまうことを心配しているらしい。

「大丈夫よ。私はアリシア・ホースタインよ。エミリアさんとは夢の話をしている感じなの」

「それはわかっているんだが……。やっぱり心配なものは心配なんだよ」

「もう！　カイルがお父様に見えてきたわ」

「いや、それは困るんだが……。でも、公爵と同じ？　僕の方が……」

ブツブツ呟くカイルと一緒に、拘留塔に到着した。

騎士団には話が通っているので、私達はすぐにエミリアさんの部屋へ案内される。

「こちらです。このたびはご足労いただきありがとうございます。エミリア・フレトケヒトはもうすぐ収監を終えるため、彼女の希望に沿って面会を許可しております」

門番をしている騎士が丁寧に説明しながら、ドアを開けた。

「面会時間は十分です」

「わかりました」

私はカイルの手を離し、エミリアさんがいる部屋に足を進めた。

「アリシア様！」

思いの外元気そうな声だ。これまで面会を断られ続けていたから、すっかり嫌われてしまったかと思っていたが、彼女の声に敵意は感じない。

私は頬を緩《ゆる》め、彼女に近づいた。色々あったが、やはり転生者同士、いがみ合いたくない。

「エミリアさん、お招きありがとう」

「いいえ、来てくれてありがとう。とりあえずこちらに座らない？」

相変わらずの調子に、私も少しだけ前世の口調を思い出してみる。

「えっと、ありがと。目が見えないから案内してくれる？」

「ああ、そうよね」

私はエミリアさんに手を引かれ、ソファに案内された。

「エミリアさん、元気そうでよかったわ」

「うん、ありがとね。本当はもっと早く会ってもよかったんだけど、なかなか自分のことがわからなくて……」

「自分のこと？」

「うん、あの後これからのことを考えたのよ。それで、私はこの世界で日本人として生きていくことにしたの」

「えっと、どういうこと？」

「ここから出たら、まずは髪を染めるわ。私は黒髪が好きだったし、この金髪はやっぱり違和感しかないのよ。それから、名前も前世の名前に変えるつもり。色々考えたり、試したりしたけど、私はもうエミリアとして生きていけそうにないの。やっぱり私にとってエミリアは物語のヒロインだし、エミリアさんは、自分自身とは思えないのよ」

妙にスッキリとした声でエミリアさんは言った。

「……そうなのね」

「ええ、日本に戻れないし、本を閉じられないのなら、自分でキャラクターから降りるしかないじゃない？　そう決めたらなんだかスッキリしたわ。ねぇ、アリシア様も日本人に戻らない？　二人でさ、日本人として暮らさない？　今日はそれを伝えたかったのよ。アリシア様も今の自分に違和感とかなかった？」

エミリアさんの提案に驚きながらも、私は一瞬口ごもる。思ってもみなかった考えに驚いたのだ。そして、首を横に振った。

「……………私はいいの。私はアリシアとしての人生を生きていくって決めたのよ」

「そうなの？　ほら、あっちの知識を使えば発明なんて簡単だし、上手くいくと思ったのになぁ」

「発明は国が管理するんじゃ……」

「ああ、あれね。確かに危険なものはそうなんだけど、トランプみたいなものなら好きにしていいらしいの。ボードゲームとかでも、結構いい発明が生まれそうよ。アリシア様のすごろくも凄い人気なんでしょう？」

「ええ、ミハイル様にそう聞いているわ」

「なら、楽勝ね。でも残念だわ。二人なら楽しく暮らせそうなのに。『アリシア』が嫌になったらいつでも来て頂戴ね」

エミリアさんはそう言って、ここを出た後に移り住む場所を書いた紙を渡してきた。

私は頷いたものの、素直にお礼は言えなかった。

ウキウキとした新生活の話を聞いて、私は「頑張ってね」とだけ伝えると、エミリアさんの部屋を出た。

「アリシア、どうだった？」

部屋から出ると、カイルが待ち構えたように私に声をかける。

駆けつけたカイルの手を掴《つか》んだまま、私はなぜか涙が溢《あふ》れるのを止められなかった。

カイルは私をすっと抱き上げて、人目を避けるように歩き出した。

どうやら王宮内の庭園に場所を移したようだ。カイルはベンチに私を抱えたまま腰を下ろして、膝に乗せて抱きしめてくれた。

「アリシア、大丈夫かい？　一体なにがあったんだい？」

「……」

それでも私の涙は止まってくれない。

そんな私を抱きしめたまま、カイルは私の頬を伝う涙を吸い取った。

この私の中に溢《あふ》れる感情はなんなのかしら。

カイルの腕の中で自分の気持ちに向き合う。

それは、『恐怖』だった。

「カイル、私は、私は……この世界が、素晴らしいと思っている。アリシアとして生まれて、これまで生きてきて、そしてこれからも過ごしていくと決めたし、そのことになんの後悔も疑問もないの。でも、エミリアさんに前世の自分に戻らないかと聞かれたら、上手く言葉が出なかったの。考えてしまったの、前世の自分を」

前世に未練はないはずだ。

確かに病弱でままならない人生に悔《く》いがあった。

だからこそ、私はアリシアに生まれ変わったのだから。

それでもエミリアさんのように片方の自分を捨てることはできない。前世の自分のことも忘れたくないし、それがあるから今の私がいる。

今はアリシアが私の中で主となる人生だが、それがいつエミリアさんのように前世の自分の方が大切だと感じるようになるかわからない。

私の中で前世の自分が可哀想だという気持ちが燻《くすぶ》っているのだ。

両親よりも、カイルよりもそちらを取ることがあるかもしれない。同情から前世の自分として生きてあげたいと思うかもしれない。

私にとってそれが一番怖い。

ブルリと肩を震わせると、カイルがその肩を掴《つか》んで言い聞かせるように話す。

「アリシア。よく聞いてくれるかい？」

「な、なぁに？」

「アリシアが今、僕とこうしてこのベンチに座っていること自体が、君の努力と考え方と今まで生きてきた証なんだと思う」

「あかし？」

「ああ、更に君はエミリアと違って、盲目というハンディキャップを背負って生まれてきた。この世界を恨《うら》み、憎み、殻《から》に閉じこもることだってできたはずだ。でも、君はいつでも前向きで明るく楽しそうだったよ。そんな君だから僕は好きになったんだし、一緒にいたいと思ったんだ」

「……カイル」

「ナタリー嬢達だって、君だから友達になったんだよ。もっと自分に自信を持つんだ。君は自分で今の自分を作ったし、エミリアは自分で今の自分を作ったんだ。君はなにも恐れる必要はないし、君は絶対にそんなことで逃げたりはしない。エミリアが今の自分を捨てて生きようが関係ないよ」

　そう言ってカイルはキスを落とした。そのキスは今までと違って少し怒っているようだ。強引な口づけは、いつの間にか深いものになっていった。

「あっ、カ……カイ、ル」

　息が切れて、カイルの胸を力なく押してみたが、がっしりとしたその腕が解かれることはなかった。カイルがようやく離れると、私はくたりと彼の胸にもたれかかった。

「アリシア。僕は、君自身であってもアリシアを否定してほしくないし、アリシアの人生を軽く見てほしくないよ。確かに君の前世には同情するが、君の人生を捧げる必要はないと思う。だって、それは僕の気持ちや思いも否定することなんだ」

私は息が上がって上手く答えられなかった。

「僕は今のアリシアが大好きだし、愛してる。凄く好きなんだ。もうどうしようもないくらい好きなんだ。僕が自分を褒《ほ》めるとすれば、君を捕まえたことだけだよ」

カイルはありったけの想いを口にする。

そして、今までのような優しい抱擁《ほうよう》ではなく、苦しくなるくらいに強くきつく私を抱きしめる。

私はカイルの気持ちが嬉しくて、嬉しくて、嬉しくて。また涙が溢《あふ》れた。

私が、自分をどんなに見失ってもカイルが私をちゃんと見てくれる。

いつか可哀想だった前世の自分に、人生の続きを生きさせてあげたくなるかもしれない。

でも、私にはカイルがいる。カイルがいてくれる。その大きな違いにやっと気付けた。

いや、気付いてはいたがやっと心から理解することができた。

「カイル、ありがとう。本当にありがとう。大好きよ。カイルがいてくれるから私は私でいられるわ。私がどんなに私を否定しても貴方が肯定してくれる」

私は少し考えて、それでもカイルに自分の恐怖を伝えた。

「もしかしたら、私もいつかエミリアさんのように、前世に囚われてしまうかもしれないわ」

私はカイルの広い背中に抱きついてお願いした。

「もし、そうなったらカイルがこの世界の素晴らしさを教えてね。私にはカイルやお父様やお母様、ナタリー様達がいるって教えてね。私がカイルのことを愛してるって思い出させてね。アリシアとしての人生を忘れさせないで。絶対よ？　約束してね？」

私のすがるようなお願いを、カイルは明るく聞き届けてくれた。

「もちろん約束するよ。僕の騎士の誓いをもってしてね」

そう言うとカイルは騎士の誓いの初めの言葉を唱えた。私の体がふわりとしたものに包まれる。

「カ、カイル⁉　騎士の誓いは王太子様にって！」

「大丈夫だよ。兄上には既に許可を貰っている。呆れてたけど笑いながら許してくれたよ。それに元々僕は君に嘘なんてつかないし、君が危機に晒《さら》されたら誓いなんかなくても駆けつける。誓いがあった方が早く駆けつけられるのなら、それに越したことはないよ。この誓いで僕は、君を君自身からも守ることも誓うよ」

そう言ってカイルは私を抱きしめる手を離して跪《ひざまず》いた。

「我、カイル・サーナインはアリシア・ホースタインに騎士の誓いを捧げる」

カイルは仕上げのように私の手を取って、手の甲にキスを落とした。すると、キスされた場所が一瞬熱くなりその熱が全身を駆け抜ける。

「さあ、アリシア。僕の誓いを受け取って」

私は覚悟を決めた。

「私、アリシア・ホースタインはカイル・サーナインの騎士の誓いを謹《つつし》んでお受けいたします」

辺りをキーンという音が響く。

誰もいない王宮の庭園で、私達は誓い合った。

そこかしこから春の花の香りが漂い、私達を春の女神が祝福しているようだった。

私はカイルの気持ちを受け取った責任と共に、全身を包む幸せを感じていた。

――私は大丈夫。アリシアとして生きていくわ！

私の頬を、暖かな春風が応援するようにふわりと撫《な》でていったのだった。

エピローグ

エミリアさんは拘留塔から出ると、王都に小さな工房を開いた。

その工房名は『香織《かおり》』だ。エミリアさんは名前を『真野《まの》香織』に改めて、宣言通りに黒髪にした。

香織さんとして新しい人生をスタートさせたエミリアさんは、とても生き生きとして楽しそうだった。

工房では、『黒白』というゲームを発明し、あっという間に王国中で流行した。

もちろんあの有名な黒と白の駒をひっくり返すゲームのことだ。

私も何回か工房を訪れているが、私がアリシアとして生きることに飽きることも、嫌になることもなさそうだ。

前世の自分を可哀想だったと思うことはあるが、それは客観の域を出ない。

なぜなら私の隣にはいつもカイルがいてくれるし、友人達もいる。

もうエミリアさんとも前世の話はしなくなり、私達は公爵令嬢のアリシアと一職人の香織としての関係になった。
私はそれでいいと思っている。
私達の道は離れてしまったが、それでも、二人とも今を精一杯生きている。
それが一番大切なのだと心から思えるから。

書き下ろし番外編

光の世界と変われない私

アリシアは光の中にいた。

ウオレイクからやってきたドクターによって、盲目のアリシアは過去のものとなった。

しかし、目が見える世界は素晴らしいだけではなかった。

「アリシア様、ご覧ください。あそこに白鳥がいますわ」

目が見えるようになったという衝撃的な出来事の混乱から逃げるように、友人達とピクニックに出かけていた。

あの日以来、公爵家を沢山の人が訪れた。

もちろんお祝いを言いに来てくれているのだが、その数が凄《すさ》まじい。

はっきり言って、パパさんやママさんと話す余裕もないほどの忙しさだった。

それに、確かに見えるようにはなったのだけれど、すぐに疲れてしまうのだ。

疲れると視界が霞《かす》むため、今は眼鏡を掛けている。

それも慣れるのに苦労しているところだ。

あまりの変化に脳がついていかないという感じである。

そんな私を心配して、ナタリーさん達が郊外の湖へのピクニックを企画してくれたのだ。

両親も私の体調を心配していたので、是非行ってきなさいと送り出してくれた。

そして今、私はいつものメンバーであるナタリーさん、マチルダさん、サマンサさん、イザベラさんと一緒に馬車に乗っていた。

「アリシア様と同じ景色を見られるだなんて感激です！」

イザベラさんが涙を抑えて私の手を握《にぎ》る。

「本当ですわ。私も早くお会いしたかったのですが、ご迷惑かと我慢しておりました。ナタリー様がこういう計画を立ててくださって、本当に嬉しいです」

「女子だけで外出するなんて初めてですね。今日の護衛は任せてください！」

マチルダさんはそう言って、胸に手を当てた。

「まぁ！　よろしくお願いします」

私がにっこり微笑むと、みなさんも嬉しそうに笑ってくれる。

うん！　友達って最高だわ。

そんな私の隣で、ナタリーさんが不思議そうに首を傾げる。

「でも、よくカイル殿下がお許しくださいましたね？」

「え？」

私はカイルの名前にビグっと体を揺らす。

「まさか、アリシア様、カイル殿下に……」

「はい。伝えておりませんの。今お互いにとても忙しくて……」

そう言うと前の席に座っている三人が、顔を見合わせた。

こういう暗黙の了解を見てしまうと、なんだかソワソワしてしまう。

見てはいけないものを見ている感じなのだ。

「いけませんでしたか？」

「あ、いえ、でも、きっとカイル殿下は心配していらっしゃるかと思いまして」

そんなナタリーさん達に、私は笑顔を見せる。

「今はそんなに過保護ではないんです。やっぱり見えているのといないのとでは違うみたいです」

「そ、そうですか？　あのカイル殿下が？」

なぜか信じられないと言われたけれど、それが事実なのだ。目が見えるようになってからカイルが会いにくる回数は減っている。

もうすぐ本格的に公務に携わる予定だから、その準備もあるのだろう。それはお互い納得していることだった。

「ええ、だから心配しないでくださいね」

なんとなく微妙な雰囲気ながらも、私達は今日の目的地である湖に着いた。

「綺麗だわ」

初めて見る景色に、私は異世界に来たと実感した。

車輪のないバイクの馬に、魔法で動く馬車。湖に浮かぶボートは丸いボールのような形をしている。そして、この世界で一番驚いた、二つある月が見える。

キラキラと輝く太陽の両隣に、その月が白く浮かんでいる。

「アリシア様、あちらで休憩にいたしましょう」

私は振り返ると笑顔で頷いた。

「ええ、そういたしましょう」

私達は湖畔の芝生の上にブランケットを広げて、アフタヌーンティーを用意してもらう。

今日もケイトが付き添ってくれているので完璧だ。

「それでアリシア様はなぜ、そんなにお忙しいのですか?」

「ありがたいことに、皆様がお祝いに来てくれますの。お名前を声で覚えておりますのでお顔を見ると、とても変な感じがしますわ」

「私達はどうですか? イメージと違いますか?」

私は四人の顔を順に見つめる。

「それが不思議なんです。皆様は私が思い描いた通りのお顔ですの」

「まぁ、よかったですわ」

私達は他愛のない話題に終始盛り上がっていたが、そろそろ戻らなければいけない時間だ。

「来てよかったわ」

私はほっと息を吐き、赤く染まってきた空を見上げる。

「もう日が暮れますわ。帰る支度をいたしましょう」

ナタリーさんの声に私達は立ち上がる。ケイトが片付けている間、私達は湖畔をゆっくりと散策する。

「あっ!」

「え？」

その時、サマンサさんとマチルダさんが声をあげた。

二人は少し先の広場を見ているようだ。

「アリシア様、えっと、あちらに行きましょう!!」

突然、方向を変えて二人は私の手を取った。

なにかしら？

私が二人が見ていた方に顔を向けると、目の前にナタリーさんが立ち塞がる。

「あ、アリシア様、あそこにリスが!!」

わざとらしく、二人が指を差す。

私は不審に思ってナタリーさんの後ろを見ようと首を伸ばすが、今度はイザベラさんが視線の先に立って向こうが見えない。

「皆様、どうなさったんですか？」

私は立ち止まり、ゆっくりとナタリーさんとイザベラさんの後ろに視線を向ける。

「え？」

思わず声が出てしまう。

私の視線の先にはカイルが見えた。黒髪は珍しいのですぐにわかる。

まだかなり距離があったので、向こうは気付いていないらしい。

私はその場で固まった。目の前の光景が信じられなかった。間違いかと眼鏡を掛け直すが変わらなかった。

「アリシア様、なにかの間違いですわ。カイル殿下のもとに参りましょう」

ナタリーさんが今度はカイルの方へと手を引く。でも、私の足は動かなかった。

だって、カイルは一人ではなかったのだ。顔はよく見えないが、若い女性の手を引いている。

しかも、とても親密そうに肩を寄せ合っている。なにか面白いことがあったのか、二人は微笑んでいるようだ。

ショックだった。カイルは、カイルだけは、絶対に私を裏切らないと思っていたのに……

「……イヤ」

「アリシア様?」

「あ、も、戻りましょう。ケイト達が待っているわ」

私はナタリーさんの手を引いて、その場から逃げ出した。

ズンズンと歩いていく私の後ろには、カイルの方を何度も振り返るナタリーさんや心配顔のマチルダさん達がついてきてくれるが、なんとも言えない空気が場を包む。

「アリシアお嬢様、お戻りですか？」

ケイトが、いつものように私達を迎えてくれる。

「ケイト、早く帰りたいの……」

私はそれだけ言うと馬車に乗り込んだ。

外からは話し声が聞こえる。きっとナタリーさんが、あのことをケイトに伝えているのだろう。

私は居た堪れなくて、手で顔を覆《おお》う。

目が見えなければ、あの光景を見なくてよかったのに。そう思わずにはいられない。

カイルが他の人と手を繋ぐだなんて……。しかも、あんなに肩を寄せて……

忙しくて会いに来られないのではなくて、もう私のことが好きではなくなってしまったのだ。

私はショックで動けない。

帰りの馬車では、誰も一言も話さなかった。

「ごめんなさい」

馬車が公爵家に着くとそれだけ言って、私は部屋に向かった。

目を閉じていたって行ける。

そうして部屋に飛び込むと、ドアの鍵を閉めて自室にこもったのだった。

「アリシアちゃん？　どうしたの？」

ドアの向こうから、ママさんの心配そうな声が聞こえる。

「……なんでも……ありま……せん」

声は掠《かす》れてしまった。心配しているとは思うけど、今は自分の気持ちにしか目を向けることができない。

「でも、お母様は心配だわ……」

すると今度はドスドスとした足音と共に、パパさんの声が響く。

「ケイトから聞いたよ。今、真偽を確認するために王宮へ使者を送った。誤解ならばすぐに解ける」

パパさんの声には怒気がこもっていた。

「誤解じゃないなら……婚約は破棄だ。私の可愛いアリシアという婚約者がいながら、他の女性と手を繋ぐなど絶対に許せん!!　誰がなんと言おうと私は許さん!!」

「それは本当ですの？　まさか殿下に限って、そんな……」

ママさんもショックが大きいようだ。

「お父様、お母様、今は一人になりたいの。ごめんなさい」

私がドア越しに言うと、二人は「わかったよ」と言って部屋の前から離れる。

私はフゥッと息を吐いて、ベッドに飛び込んだ。

涙が溢《あふ》れて止まらない。私はカイルになにかしてしまっただろうか？

カイルは可愛いと言ってくれるが、そうでもなかった？

実は眼鏡が嫌いだったのかもしれない。

目が見える私には興味がないのかもしれない。

そういえば、カイルは見えるようになってから、あまり家に来てくれなくなった。

ううん、そうじゃないわ。今までの私は盲目であったがゆえ、全てにおいて受け身だった。

いつも待っていたのだ。

話しかけられるのを、誘われるのも、好きになってくれるのも。

だからきっと、カイルは呆れたのかもしれない。見えるようになったのにと。

私は枕に顔を埋《うず》めて、ひっくひっくと嗚咽《おえつ》を漏らした。

どれくらい時間が経っただろう。窓の外はすっかり暗くなっている。

その時、窓からコンッという音が響いた。

「なに？」

すると、またコンッと音がする。

私は枕から顔を上げた。

周りを見渡すがなにもない。私は首を捻る。

コンッ。

「なにかしら？」

私はベッドから起き上がると、窓に向かった。そして、音がする窓を開けてバルコニーに出た。

「アリシア！」

聞き慣れた声に、思わず悲鳴がこぼれる。

「カ、カイル」

今、一番会いたくない人がバルコニーの下に立っていたのだ。

「アリシア、君に見たくないものを見せてしまって、本当にごめんよ」

「……」

「君がまさか、あの場所にいるとは思わなかった」

「……」

「怒っているかい？　でも、本当に誤解なんだ」

「私を好きじゃなくなったんでしょ？」

「なにを言っているんだい!!」

「私は目が見えるようになっても、全然変われないんだもの。カイルが呆れても仕方がないわ」

「違う！　そんなこと思っていないよ」

「いいの。ごめんね。私みたいな婚約者はダメだよね」

カイルはバルコニーの下から必死に叫んでくれるが、わだかまりは消えなかった。

「……今行く」

「え？」

カイルはそういうと、スルスルとバルコニーを登ってくる。そして、スタッと目の前に降り立った。

「アリシア、無理だよ。僕はもう君から絶対に離れられないんだ」

そう言って私を抱きしめてきた。私は両手を突っ張って、なんとか離れようとする。

「私見たんだもの！　カイルが、カイルが……」

「アリシア、違うんだ。話を聞いて」

「見たくなかった。あんなものを見なくちゃいけないなら見えなかった方が」

「アリシア!!!」

私の言葉を遮《さえぎ》って、カイルが私を強引に抱きしめる。

「それだけは言わないで。お願いだ。君が暗闇の中に戻るなんて、絶対に嫌なんだ。見えない方がよかったなんて絶対に言わないで」

カイルの切羽《せっぱ》詰まった声に、私は言葉を呑み込んだ。

「アリシア、よく聞いて。彼女は僕が支援している団体の人なんだ」

「団体?」

「ああ。君にはもう少し落ち着いてから話すつもりだったんだ」

「でも、手を取ってたわ。そんなことは必要ないはずでしょう?」

「必要なんだよ。僕が支援しているのは、治癒魔法でも病気が治らなかった人々を支援する団体なんだよ」

「え?」

「昔の君のように、治癒魔法でも治らず不自由している人達に、ドクターの治療を受けてほしいと思ったんだ。そして、ドクターのいるウオレイク王国への渡航費用や滞在費を支援することにした」

「あの人も？」

「ああ、そうだよ。彼女も君と同じだ。生まれた時から盲目なんだよ。だから、手を引いてあげただけなんだ」

「そう……なの？」

「当たり前だよ。君が僕に言ったんだ。自分ばかり目が見えるようになって、申し訳ないって」

　確かに、そんなことを話したような気がする。

「僕は君に引け目を感じてほしくないんだ。だからこそ始めた支援だ。わかってくれた？」

　私は頬がカーッと熱くなった。なんということだろう。

「ごめんなさい。私、恥ずかしいわ」

「いいんだよ。僕はちょっと嬉しかったから」

「え？　どうして？」

「君は嫉妬《しっと》してくれたんだろう？　こんなに嬉しいことはないよ」

　私の体が更に熱くなる。恥ずかしくて死にそうだ。

「アリシア、ちょっと目を閉じてくれないか？」

カイルの言葉に、目を瞑る。すると、私の目の上にカイルが手を添えた。

「カイル？」

「僕を信じてくれなかったお仕置きだよ」

そう言ってカイルがゆっくりと私に顔を寄せる。久しぶりの見えない世界。五感と気配だけでカイルを感じる。

「今だけは、君の世界を独占させておくれ」

そう言ってカイルは、私にキスを落としたのだった。

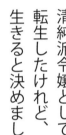

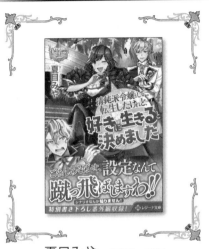

新感覚ファンタジー
RB レジーナ文庫

ほんわかお仕事ファンタジー！

レジーナブックス Regina

リエラの素材回収所 1

霧 聖羅　イラスト：こよいみつき

定価：704円（10%税込）

リエラ12歳。孤児院出身。学校での適性診断の結果は……錬金術師？　なんだかすごそうなお仕事に適性があるみたい！　そんなこんなで弟子入りすることになったのは、迷宮都市グラムナードにある錬金術工房。そこではとっても素敵な人達が、リエラを本当の家族みたいに迎えてくれて――!?

詳しくは公式サイトにてご確認ください

https://www.regina-books.com/

携帯サイトはこちらから！

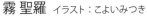

本書は、2020年11月当社より単行本として刊行されたものに書き下ろしを加えて文庫化したものです。


この作品に対する皆様のご意見・ご感想をお待ちしております。

おハガキ・お手紙は以下の宛先にお送りください。

【宛先】

〒150-6008 東京都渋谷区恵比寿4-20-3 恵比寿ガーデンプレイスタワー 8F
(株) アルファポリス　書籍感想係

メールフォームでのご意見・ご感想は右のＱＲコードから、
あるいは以下のワードで検索をかけてください。

アルファポリス　書籍の感想　検索

ご感想はこちらから

レジーナ文庫

盲目《もうもく》の公爵令嬢《こうしゃくれいじょう》に転生《てんせい》しました2

波湖《なみこ》 真《まこと》

2022年9月20日初版発行

文庫編集－斧木悠子・森順子
編集長－倉持真理
発行者－梶本雄介
発行所－株式会社アルファポリス
〒150-6008 東京都渋谷区恵比寿4-20-3 恵比寿ガーデンプレイスタワー8階
TEL 03-6277-1601（営業）　03-6277-1602（編集）
URL https://www.alphapolis.co.jp/
発売元－株式会社星雲社（共同出版社・流通責任出版社）
〒112-0005 東京都文京区水道1-3-30
TEL 03-3868-3275
装丁・本文イラスト－堀泉インコ
装丁デザイン－AFTERGLOW
（レーベルフォーマットデザイン－ansyyqdesign）
印刷－中央精版印刷株式会社

価格はカバーに表示されてあります。

落丁乱丁の場合はアルファポリスまでご連絡ください。

送料は小社負担でお取り替えします。


ISBN978-4-434-30856-7 C0193